Kai Rohlinger

I0570522

Herr über Land und Meer

Die Deutsche Nationalbibliothek verzeichnet diese Publikation in der Deutschen Nationalbibliographie. Detaillierte bibliographische Daten sind im Internet über http://www.dnb.de abrufbar.

Kai Rohlinger
»Herr über Land und Meer«

+ Bonusgeschichte

Kai Rohlinger
»Das Geistermahl«

Deutsche Erstveröffentlichung
1. Auflage 2018
Alle Rechte vorbehalten
2018 Kai Rohlinger
Lektorat & Satz: KopfKino-Verlag
Covergestaltung: coverandbooks / Rica Aitzetmüller
Umschlagmotiv: colourbox.de
Druck: Createspace.com

KopfKino-Verlag
Thomas Dellenbusch
Gluckstr. 10
D-40724 Hilden

ISBN: 978-3-9818651-4-1

www.MeinKopfKino.de

Kai Rohlinger

Herr über Land und Meer

2 ERZÄHLUNGEN

Über KopfKino:

KopfKino, das sind berührende, nachdenkliche oder auch spannende Geschichten in **Spielfilmlänge**. Ihre ungefähre Lesezeit liegt zwischen 60 und 180 Minuten.

Sie eignen sich daher wunderbar für all die vielen kleinen zeitlichen Zwischenräume, die das Leben hat: für die Reisezeit in Bahn, Bus, Auto oder Flugzeug, für die Stunden in Wartezimmern, beim Friseur, im Café, während der Dialyse, für den Nachmittag im Freibad oder am Strand, vor dem Schlafengehen oder einfach so für zwischendurch, um ein, zwei oder drei Stunden unterhaltsam zu füllen.

Da ihre Lesezeit ungefähr der Länge eines Spielfilms entspricht, eignen sie sich auch hervorragend, um sie sich gegenseitig vorzulesen und den Fernseher einmal ausgeschaltet zu lassen. Lassen Sie sich von Fernseher und Leinwand nicht das ganze Vergnügen abnehmen.

Genießen Sie Ihren eigenen Film auf der größten Kinoleinwand der Welt: Ihrer Fantasie!

Jede Erzählung ist als eBook und als Hörbuch erhältlich, viele auch als Taschenbuch.

Informieren Sie sich regelmäßig auf
MeinKopfKino.de
über Neuerscheinungen, die Autoren, Termine für Lesungen, Hintergründe, oder laden Sie sich einzelne Geschichten als eBook oder Hörbuch herunter.

Ich heiße Aulus Marcius Celer, doch alle nennen mich Secundus. Denn dies ist der Name, den ich mir selbst gegeben habe, als mein erstes Leben zu Ende ging und mein zweites begann. Zu manchen Zeiten hätte es den Tod bedeutet, diese Geschichte zu erzählen. Nun aber hat sich die Welt gewandelt, und ich kann ohne Furcht berichten, was sich zugetragen hat.

Dem Kaiser Gaius, den man Caligula nennt, bin ich in meinem Leben zwei Mal begegnet; und damit meine ich nicht, dass ich ihn aus der Menge heraus und von fern erblickte, sondern dass ich ihm von Angesicht zu Angesicht gegenüber stand und er das Wort an mich richtete. Ich sage das nicht aus Stolz darauf, in der Nähe dieses Mannes gewesen zu sein, denn sein Name ist heute ein Schimpfwort, und ihn gekannt zu haben, bringt mehr Schande ein als Ehre. Ich aber habe keinen Grund, mich zu schämen, denn mein Schicksal war in jeder Hinsicht dem seinen entgegengesetzt, und seine hellste Stunde war meine dunkelste, sein Niedergang jedoch mein Glück.

Manches haben andere schon niedergeschrieben mit klugen Worten; doch kennen sie das, was sie schildern, meist nur vom Hörensagen oder aus den Büchern anderer. Ich aber bin dabei gewesen und habe mit eigenen Augen gesehen, wie das Meer zum Land wurde und die Nacht zum Tage ...

Der erste Schauplatz meiner Geschichte ist das fruchtbare Kampanien, die blaue Bucht von Baiae.

Dorthin, an die hellen, luftigen Strände, wo das Glück zu Hause ist, fliehen im Sommer alle, die es sich leisten können, um der Hitze und dem Gestank in den engen Gassen der Hauptstadt zu entkommen. Ach, es ist ein herrlicher Landstrich, der wie kein zweiter von den Göttern gesegnet ist: das ruhige, dunkle Meer, die grünen Hänge des Vesuvs und alles Land dazwischen ein einziger Garten mit Feldern, Weiden, Rebstöcken und Obstbäumen – im Elysium kann es kaum schöner sein. Da ist es kein Wunder, dass sich der alte Kaiser Tiberius gerade nach Capri zurückzog, als er des Reiches und der Menschen überdrüssig wurde. Er mag dort all die schlimmen und verruchten Dinge getrieben haben, von denen man sich hinter vorgehaltener Hand erzählt; den schönsten Flecken Italiens hat er sich dafür jedenfalls ausgesucht.

Nach Cumae, Neapel oder Sorrent bin ich oft gekommen, und mehr als ein Pferd habe ich zuschanden geritten im Dienste des Cursus publicus. Denn in meinen jungen Jahren war ich Speculator, ein Botenreiter der Staatspost und – bei der blonden Epona! – ein ziemlich guter. Wäre es anders gewesen, so hätte mir das Schicksal jene Prüfung erspart, von der ich nun berichten will.

Die Villa Jovis, wo der Kaiser residierte, betraten wir gewöhnlichen Kuriere freilich nie, denn alle für ihn bestimmten Nachrichten brachten die Reiter der Prätorianergarde. Im Stillen träumte ich davon, vom Trecenarius gemustert zu werden und dieser erlauchten

Truppe beizutreten. Rein rechtlich sprach dagegen nichts, denn im Gegensatz zu den meisten anderen Botenreitern wurde ich als freier Bürger Roms geboren. Mein Vater musste sich die Freiheit erst noch verdienen, und auch er lernte die Straßen Italiens vom Pferderücken und vom Kutschbock aus kennen. Zu der Zeit, von der ich spreche, lag seine Asche jedoch schon zusammen mit der meiner Mutter in einem bescheidenen Grab an der Via Appia. An diesem stillen Denkmal machte ich Halt, sooft mich mein Weg nach Süden führte.

Am liebsten war mir die Route über Capua nach Baiae oder nach Misenum, wo die Flotte vor Anker lag. Es gab dort in der Nähe unserer Stallung eine Taverne mit einem freundlichen Wirt sequanischer Abstammung, dessen Großvater noch gegen Caesars Legionen gekämpft hatte und in Ketten nach Italien gekommen war. Dem Enkel sah man seine Abstammung zwar an, denn er hatte fuchsrote Haare, doch trug er eine saubere Tunika und sprach ein bäurisches Latein mit ein paar Brocken Griechisch darin. Von seiner gallischen Mundart beherrschte er nur die deftigen Flüche, von denen er gerne Gebrauch machte. Dennoch war er ein götterfürchtiger Mann, der dem Merkur üppige Opfer darbrachte. Er besaß einen unerschöpflichen Vorrat an Soldatenwitzen und das beste Rezept für gefüllten Tintenfisch, vor allem aber eine bezaubernde Tochter mit Namen Valeria.

Ich sage euch: Wäre ein Bildhauer auf der Suche nach einem Modell gewesen, um die Venus mit dem schönen Hintern zu gestalten, so hätte er es in dieser kleinen Gallierin gefunden. Sie war schlank wie eine Gerte und hatte große, sonderbar helle Augen, was manche befremdlich, viele aber anziehend fanden. Doch trotz all ihrer Reize war sie weder hochmütig noch schamlos geworden oder gar beides zusammen, was wohl die schlimmste Art bei Frauen ist. Und wie einst Penelope von den Freiern, so wurde Valeria von den Gästen umworben; doch soweit ich weiß, schenkte sie keinem ihre Zuneigung, sondern gab allen auf ihre sanfte, aber bestimmte Weise einen Korb. Doch wenn ein Frechdachs – und davon gibt es in einer Taverne immer mehr als genug – seine Zunge gar nicht im Zaum halten konnte, wurden ihre Blicke streng und kalt wie Eis, so dass der Kerl sofort verstummte. Sie liebte Tiere über alles und hielt sich neben einem Hasen auch einen Sperling, den sie verletzt gefunden und gepflegt hatte. Er war dann nicht mehr dem Ruf der Natur gefolgt, sondern blieb im Hause, fraß dem Mädchen aus der Hand und pflegte ihr neckend in die Fingerspitzen zu picken.

Bei meinem ersten Besuch war sie gerade dabei, die Schüsseln für die Gäste in einem großen Bottich zu spülen; der Sperling saß ihr dabei auf der Schulter und zwitscherte fröhlich. Als ich eintrat, flatterte er plötzlich auf, drehte eine Runde unter dem rußgeschwärzten Gebälk und ließ sich auf meiner Hand, die ich rasch ausstreckte, nieder. Niemals werde ich vergessen, wie Valeria mich daraufhin ansah, mit dieser Mischung aus Erstaunen, Freude und Erschrecken. Erst viel später erfuhr ich, dass ihr Monate zuvor ein alter Etrusker weissagte, sie werde ihren Bräutigam dereinst am Flug der Sperlinge erkennen. Was auch immer der alte Zausel damit gemeint haben mochte: Valeria glaubte in diesem Moment, das Orakel sei erfüllt; und sie schien nicht unglücklich mit dem Ergebnis. Dass sich der Spruch auf andere Weise bewahrheiten würde, ahnten wir damals beide noch nicht.

An jenem ersten Abend konnten wir nur ein paar schüchterne Worte wechseln, denn der Schankraum füllte sich rasch, doch unsere Blicke kreuzten sich stets, wenn sie, den Weinkrug in der Hand, an meinem Tisch vorbei kam oder aus einem anderen Winkel zu mir herüberschaute. Das Mädchen ging mir nicht mehr aus dem Kopf, ich musste immerzu an sie denken, und beinahe wäre ich auf dem Heimweg verträumt an einer der Wechselstationen vorbeigeritten.

Beim nächsten Mal ließ Jupiter über der Stadt ein heftiges Unwetter niedergehen, so dass ich Grund genug hatte, noch einen Abend in Misenum zu bleiben und unsere Bekanntschaft zu vertiefen. Während draußen die Blitze zuckten und der Sturm drei Schiffe der Flotte vernichtete, leuchteten mir Valerias Augen heiter wie der Frühlingshimmel. Seither war ich dort zu Gast, wann immer es die Umstände zuließen, und obwohl das Essen gut und reichlich war, ging ich in anderer Hinsicht hungrig aus dem Haus. Auch dem Mädchen schienen die Zeiten zwischen Abschied und Wiedersehen zu lange. Denn damals war ich noch kein Greis mit kahlem Schädel und Falten im Gesicht wie heute; ich war ein kühner junger Mann und hatte volles, braunes Haar; ich ritt auf schnellen Pferden und brachte Neuigkeiten aus der Hauptstadt mit. Da gab es mehr als eine, die mir schöne Augen machte, und wir Botenreiter waren keine Kostverächter!

Mit Valeria jedoch verhielt es sich anders: Sie war ein Mädchen zum Heiraten. Allerdings dachte ich damals noch nicht daran, eine Frau in die Ehe zu führen; dabei hätte der sequanische Fuchs vielleicht nicht Nein gesagt, wenn ich um seine Tochter geworben hätte. Ein wenig Geld hatte ich bereits zur Seite gelegt, aber mir spukte noch immer der Traum im Kopf herum, ein Gardereiter zu werden. Und ein Soldat darf nur ein Liebchen haben, aber keine Frau. So erfreute ich mich also an der Gegenwart und dachte nicht viel an die Zukunft, oder zumindest nicht das Richtige.

Dann aber kam der Tag, an dem der alte Tiberius seinen letzten Atemzug tat. Caligula ergriff den Lorbeer und brachte all den kaiserlichen Glanz zurück nach Rom, so wie die Sonne an einem Wintermorgen aus den Nebelbänken am Tiber aufsteigt. Die Menge jubelte ihm zu, und die Stadt der sieben Hügel war wieder Mittelpunkt der Welt. Die ersten Taten des jungen Kaisers erweckten allgemeine Begeisterung.

So schaffte er die furchtbaren Prozesse wegen Majestätsbeleidigungen ab; auch wagten viele Exilanten, welche unter Tiberius in Ungnade gefallen waren, in die Heimat zurückzukehren. Von nun an sollte sich vieles ändern im Reich, und das spürten auch wir Kuriere. Denn es hatte den Anschein, als ob in den ersten Wochen und Monaten ungleich mehr Botschaften an die Statthalter, Präfekten und Magistrate versandt wurden als in all den Jahren zuvor. Ich wurde mehrfach in den Norden geschickt, in die Gemeinden der Transpadana.

Die Zeit verging nicht, sie jagte vielmehr dahin, und ehe ich es bemerkte, war aus dem Frühling der Sommer geworden und aus dem Sommer der Herbst. Das schöne Mädchen mit dem Sperling hatte ich keineswegs vergessen, sie war mir stets lebendig in Erinnerung, doch wir sahen einander lange nicht mehr. Mich ergriff oft eine düstere Schwermut, ohne dass mir der wahre Grund dafür bewusst wurde; dann suchte ich in meinen freien Stunden Zuflucht im Wein und Ablenkung beim Würfelspiel. Fortuna belohnte meine Unvernunft, indem sie mich häufig gewinnen ließ. Nur die Frauen, die sich gerne zu den Spielern an den Tisch setzten, mit dunkel geschminkten Augen und rot bemalten Lippen, wollten mir nicht mehr gefallen, so dass die Kameraden schon meinten, ich hätte mich entweder der Knabenliebe verschrieben oder mein Herz bereits verschenkt. Und gerade als ich fühlte, dass sie richtig lagen – mit dem Letzteren freilich! – begann das Glück, mir seine Gunst zu entziehen. Das war im Sommer 792 nach Gründung der Stadt, zu eben jener Zeit, als der Kaiser Caligula nach Baiae reiste, um die ganze Welt in Staunen zu versetzen.

In jenen Tagen war die anfängliche Begeisterung des Volkes zwar noch nicht in Hass und Abscheu umgeschlagen, doch der Zauber, der dem Anfang innewohnte, war dahin. Es war, wie wenn man sein Triclinium mit bunten Fresken schmücken lässt, der Maler aber unsauber zu Werke geht, so dass unter den hellen Farben dunkle Flecken zum Vorschein kommen und den hübschen Bildern ein kränkliches Aussehen verleihen. So hatte auch Caligula auf vielfache Weise, die ich nicht näher beschreiben will, seine Beliebtheit zu einem Teil, sein Vermögen aber fast zur Gänze verloren. Denn er neigte zu verschwenderischen Spielen und anderen Ausschweifungen, welche die Staatskasse aufs Äußerste belasteten.

Wie so oft bekamen das zuerst diejenigen zu spüren, deren zahllose kleine Dienste das große Räderwerk der Macht am Laufen halten. An den Wechselstationen und Rastplätzen, die für die Boten und Transporte der Staatspost eingerichtet waren, ging es weniger geregelt und solide zu als früher. An frischen Tieren wurde zusehends gespart, die notwendigen Abgaben aus den Dörfern kamen zögerlicher, und die Grüße der Leute erschienen mir immer häufiger nur eine Floskel zu sein und nicht mehr von Herzen zu kommen. Im Kreise der Botenreiter sprachen wir freilich selten darüber und wenn, dann nur mit scheuen Blicken über die Schulter, denn all die Denunzianten und Anzeiger, die unter Tiberius wie die Maden im Speck lebten, waren noch lange nicht ausgestorben. Zudem weiß jeder, dass ein armer Bauer dem Esel eher die Rüben vorenthält als die Gerte.

Im Sommer dieses Jahres also, kurz nachdem der Kaiser nach Baiae aufgebrochen war, wurde auch ich mit einem dringlichen Auftrag dorthin entsandt. Das war mir nicht unrecht, denn überall machten Gerüchte die Runde von einem großartigen und nie dagewesenen Schauspiel, das dort in den nächsten Tagen stattfinden sollte. Außerdem war es nicht weit bis nach Misenum. Tatsächlich zog die Stadt in dieser Zeit unzählige Menschen an, und bei weitem nicht nur die reichen Sommergäste mit ihrem Gefolge. Bereits auf den letzten Meilen wurde der Verkehr dichter, hier jedoch, in Sichtweite der ersten Häuser, stauten sich auf allen Wegen die Ochsenkarren, Reisekutschen, Packesel und Lastenträger.

Ich machte auf einem Hügel Halt und ließ meine Blicke vom Pferderücken aus in die Ferne schweifen. Wo sonst die blaue Bucht mit ein paar hellen Segeln gesprenkelt ist, erblickte ich eine unglaubliche Menge an Fahrzeugen auf dem Wasser. Wenn du je dachtest, geneigter Leser, Homer habe dir mit seiner Flotte aus tausend Schiffen, die gegen Troja zogen, einen Bären aufgebunden, da es so viele Kiele, Ruder und Masten unmöglich geben kann, dann hättest du erst dieses

Schauspiel erleben sollen! Freilich bin ich kein Dichter, und so fehlen mir die Worte und Vergleiche, um dir verständlich zu machen, wie groß die Zahl der Schiffe war. Sie fuhren indessen nicht in einem Geschwader hinaus in den Golf oder kehrten zurück in den schützenden Hafen, sondern sie standen, wie an der Hafenmauer vertäut, inmitten des blauen Spiegels der Bucht. Auch waren es Fahrzeuge unterschiedlichster Art und Größe, vor allem aber die schweren Transporter, in deren Bäuchen ägyptisches Korn nach Italien gebracht wird.

Dazwischen aber bewegten sich leicht und schnell, wie Hunde um eine Herde, Liburnen und kleine Kutter hin und her. Die Ufer waren übersät mit Lagern, Werkstätten und kleinen Werften, in denen weiterer Nachschub für das ohnehin schon unüberschaubare Getümmel erzeugt wurde. Wenn du dir je die Mühe gemacht hast, in einem Wald am Wegesrand innezuhalten und das Gewimmel der Ameisen in ihrem Haufen zu betrachten, dann kannst du dir ungefähr vorstellen, wie es dort zuging. Nur verrichten die winzigen Tiere lautlos ihr Werk, damals aber war die Luft erfüllt vom Rattern der Räder auf den Pflastersteinen, vom Knallen der Peitschen und vom Brüllen der Ochsen, vom Klatschen der Ruder auf dem Wasser und den Rufen der Steuerleute.

Ich war aus Rom schon einiges gewohnt und hatte auf meinen Reisen durchaus Erstaunliches gesehen, doch dieser Anblick übertraf bei Weitem alles; und dabei war es erst die Vorbereitung und noch nicht das eigentliche Schauspiel! Allein die schiere Menge an Fahrzeugen und Menschen beeindruckte mich, aber noch bemerkenswerter war die Tatsache, dass sich all diese Teile zu einem großen Ganzen fügten, wie unzählige farbige Steinchen durch die Hand des Künstlers ein buntes Mosaik ergeben.

Denn all die Boote, Kähne, Kutter und Schiffe dienten demselben, dem einen und einzigen Zweck: den unglaublichen Wunsch, den Menschenmaß übersteigenden, unfassbaren Plan eines einzelnen Mannes zu erfüllen, den Traum des Kaisers Caligula, mit einem Pferd über die Bucht von Baiae zu reiten!

Du fragst dich wohl, geschätzter Leser, wie einem vernünftigen, einem gesunden Geist ein solcher Gedanke kommen könne? Wie einem Sterblichen, der mit den Füßen auf der Erde steht und mit dem Scheitel nur wenige Fuß in die Luft ragt und nicht an Jupiters Wolken stößt, so etwas einfalle? Aber wer sagt dir, dass der Geist des Kaisers gesund war oder vernünftig? Und dass der Gedanke, so ungeheuerlich und glänzend zugleich, ihm selbst gekommen war? Bei so etwas haben ja stets die Götter ihre Hand im Spiel oder zumindest diejenigen, die deren Willen deuten und verkünden. Der Kaiser Tiberius beschäftigte nämlich einen Astrologen am Hofe, auf dessen Wort er sehr viel gab: Thrasyllos von Alexandria hieß er, und er muss ein wahrhaft weiser und begabter Mann gewesen sein. Es wird berichtet, er habe dem Tiberius schon früh sein

Kaisertum verkündet, als alle Anzeichen noch dagegen sprachen, und ihm auch sonst Beweise seiner Kunst gegeben. So genoss er über die Jahre hinweg das Vertrauen des ansonsten misstrauischen Herrschers.

Das ist hinlänglich bekannt, doch manches weiß ich auch von einem geschwätzigen Diener mit Namen Demetrius, dessen schlüpfrige Briefchen ich hin und wieder neben der offiziellen Post beförderte. Dafür tischte er mir so manches aus der Gerüchteküche des Palastes brühwarm auf.

Ich ahne, dass du nun die Stirne runzelst, lieber Leser; doch tadle mich nicht, ich schweife ja nicht ab, ich will dir nur erklären, woher das stammt, was ich dir hier erzähle. Denn obwohl oder eben weil ich lange Zeit unter den Barbaren von Cantium lebte, halte ich die Wahrheit in Ehren und meide jedes Lügenwort.

Kurzum also: Dieser Thrasyllos erwies Tiberius gute Dienste und stand bei ihm in hohem Ansehen. Eines Tages, als der Kaiser sein Testament machte und darin neben Caligula seinen zwölfjährigen Enkel Gemellus als Erben einsetzte, plagte den Alten die berechtigte Sorge, Caligula könne seinem Liebling gefährlich werden. Thrasyllos jedoch beruhigte ihn, indem er prophezeite, Caligula werde genauso wenig Kaiser werden, wie er zu Pferd die Bucht von Baiae überqueren könne. Das wird auf die eine oder andere Weise auch dem jungen Prinzen zu Ohren gekommen sein, und wie ein Blutegel muss der Gedanke sich festgebissen haben in seinem Gehirn, dass er dann erst wirklich Kaiser sein könne, wenn er zu Pferd die Bucht von Baiae überquere. Man mag nun denken, dass er sich viel Zeit damit gelassen habe, den Thrasyllos Lügen zu strafen; doch vielleicht hielt er es vorher nicht für nötig, sondern erst, als sein Lorbeer zu welken begann. Andere dagegen glauben, er habe damit die Britannier, nach deren grüner Insel er bereits hinüber schielte, schon von Baiae aus das Fürchten lehren wollen.

Wie aber soll das gehen, übers Wasser zu reiten? Wortwörtlich darf man eine Prophezeiung freilich niemals nehmen! Erkannte nicht schon Brutus, der Befreier Roms, ganz richtig, dass er die Erde mit den Lippen berühren solle, als das Orakel den Prinzen gebot, bei der Heimkehr *die Mutter* zu küssen? Und auch Deukalion und Pyrrha, die einzigen Überlebenden der Sintflut, haben den Götterspruch ähnlich gedeutet und so die Menschheit neu geschaffen. Damals verwandelten sich Steine in lebende Geschöpfe, was viele heutzutage nicht mehr glauben wollen.

Vielleicht zu Recht.

Caligula aber hat das Meer tatsächlich zu Land gemacht. Aus all den Schiffen, die er requirierte, ließ er die größte, die längste, die mächtigste Brücke aller Zeiten errichten. Mit unendlicher Mühe und Genauigkeit, mit kühner Berechnung und unerhörtem Glück, denn während des ganzen Vorgangs zogen kein Sturm und kein Gewitter auf, brachten die Baumeister und Zimmerleute, die Navigatoren und Matrosen das

Meisterwerk zustande, mitten in der Bucht von Baiae Dutzende, nein, Hunderte von Schiffen Rumpf an Rumpf, Bord an Bord, Planke an Planke zu legen, zu verankern, zu vertäuen, gleich einer gewaltigen Kette mit vielen hölzernen Gliedern, schwankend zwar, und dennoch fest und sicher, über eine Länge von dreieinhalb römischer Meilen oder sechsundzwanzig griechischer Stadien. Doch damit nicht genug!

Über diese Schiffe legte man nicht nur Balken und Bohlen, sondern man befestigte den Boden mit Sand und Erde, mit Schotter und Steinen: eine wirkliche Straße schuf man, eine Via Appia des Meeres, breit genug für einen Reiter, einen Wagen, ja, so breit, dass an den Rändern noch Platz war für Unterkünfte und Raststätten, in denen man Speisen und Getränke feilbot! Und da auf dem Meer nur salziges Wasser zur Verfügung stand, verlegte man entlang dieser Straße tönerne Röhren, aus denen reinstes Süßwasser sprudelte.

Ich ahne, dass so mancher nun den Kopf schüttelt und mir nicht glauben will. Und doch ist nichts davon erfunden und erlogen; denn wer hätte den Mut und die Kühnheit, eine derart dreiste Lüge in die Welt zu setzen? Sollte dennoch etwas sich als fehlerhaft erweisen, so entspringt dies einem Irrtum oder meinem Unverstand, jedoch nicht dem Wunsch, die Wahrheit zu verdrehen.

Es kostete mich einige Mühe und viel Geduld, mein Pferd durch die verstopften Straßen zu lenken. Denn freilich waren nicht nur die Mitglieder des Hofes und der Oberschicht samt ihrer umfangreichen Dienerschaft in Baiae versammelt, nicht nur Soldaten, Matrosen, Handwerker und Tagelöhner, sondern auch zahllose Schaulustige – und gerade auf diese kam es dem Kaiser ja an, wollte er doch bei seinem Vorhaben von aller Welt gesehen werden. Je größer und bunter die Menge, je mehr Reisende aus fernen Ländern darunter, welche die Neuigkeit in ihre Heimat tragen würden, desto besser.

Ich war beinahe an unserer Stallung angekommen, als ich in ein dichtes Gedränge geriet. Die Sänfte einer stadtbekannten Kurtisane steckte mitten darin, und die muskulösen Träger, schwarzhäutige Nubier mit nacktem Oberkörper, waren eben dabei, sich einen Weg durch die Menge zu bahnen. Dabei gingen sie nicht gerade zimperlich zu Werke; Rufe und böse Worte flogen über die Köpfe hinweg, Kinder begannen zu weinen, ein altes Weib war gestürzt und zeterte heftig, Früchte fielen zu Boden und wurden zertreten, so dass es aussah, als sei das Pflaster voller Blut. Ganz am Rande des Geschehens flüchtete sich eine schlanke Gestalt in den Schutz eines Vordaches.

Sie war in ihren Umhang gehüllt, als könne der dünne Stoff sie vor dem Wüten der Menge beschützen, ängstlich sucht sie nach einem Ausweg. Für einen Moment trafen sich unsere Blicke, und zuerst erkannte ich sie unter der Palla nicht wieder, doch dann wurde mir klar, wem diese hellen Augen gehörten: Valeria! Ich sprang vom Pferd und stand nach wenigen beherzten Schritten bei ihr. Sie ließ sich von mir in den Eingang des Hauses ziehen, der ein wenig Schutz vor dem Gedränge und dem Lärm der Straße bot. Da standen wir nun im Zwielicht, das freilich nicht die Röte auf den Wangen des Mädchens verbergen konnte. Doch auch mir pochte das Blut in den Schläfen, und unser beider Atem ging schwer vor Erregung.

Wenn ich mich recht erinnere, dann hatten wir bis dahin kein einziges Wort gesprochen; unsere Körper handelten aus eigenem Antrieb, ohne den Verstand um Rat zu fragen. Nun aber lag das Schweigen zwischen uns, das sich in einer langen Reihe von leeren Tagen und einsamen Nächten angesammelt hatte. Einen Nachbarn oder Bekannten, vielleicht auch einen alten Freund, kann man in so einer Lage mit einer Floskel begrüßen, wie man sie täglich verwendet.

Man zeigt sich erstaunt, man fragt einander, wie es gehe, wie es einem ergangen sei, was einen herführe und dergleichen. Dann beginnt man zu forschen, wann man einander zum letzten Mal gesehen habe, und in der Regel ist man erstaunt, wie lange es schon her ist. Das ist so bei den meisten Verbindungen, die sich auf einfache Sympathie und gemeinsame Interessen gründen: Sie blühen, solange man sie pflegt, doch ebenso leicht verlieren sie wieder an Kraft und welken dahin, wenn man sie vernachlässigt.

Zwei Seelen aber, die vom Schicksal füreinander bestimmt sind, benötigen in solchen Augenblicken keine Formeln, bei ihnen sind die passenden Worte und Gesten gleich zur Stelle. Und so war der erste Satz Valerias ein Vorwurf:

»Wo bist du nur so lang gewesen?«

Ach, ihr Götter! War damit nicht alles gesagt? Wurde nicht in diesen wenigen Worten die ganze Fülle ihres Herzens deutlich, die Hoffnung und der Zweifel, das Warten und das Bangen, die Wut und die Enttäuschung, die vielen Seiten des Gemüts, die freilich alle den gleichen Grund und Ursprung hatten. Ich konnte keine Antwort auf die Frage geben. Ich hätte nicht einmal erklären können, was ich in all der Zeit getrieben hatte. Mit einem Mal erschien mir nichts von meinen Taten und Erlebnissen mehr der Erwähnung wert.

Sie war es, die das Schweigen brach, mit schwacher, bebender Stimme, die durch den Lärm der Straße kaum zu verstehen war: »Vater ist tot«, sagte sie, »die Wirtschaft haben wir verloren; mein Bruder und ich, wir schlagen uns durch.« – Drei Sätze, leise und traurig, kaum hörbar im Tosen der Stadt, und doch war damit ein ganzes Schicksal beschrieben. Wir sprachen noch mehr, es gab mit einem Male viel zu sagen, doch übergehe ich die Einzelheiten. Wir waren ja auch nicht allein, der Strom der Menschen floss an uns vorüber, und mitten auf der Straße stampfte und schnaubte nervös mein Pferd. So verabredeten wir uns für den Abend beim Tempel der Diana und nahmen zärtlich voneinander Abschied.

Ich hatte Glück, dass meine Satteltaschen unberührt blieben, denn für eine Weile hatte ich nur Augen für Valeria. Tief in Gedanken erreichte ich, mein Pferd am Zügel führend, die Unterkunft der Boten und übergab dort dem Praepostus meine Briefe. Wie üblich sollte ich mich zur Verfügung halten für den Fall, dass man noch Auskunft von mir wolle, denn eines meiner Schreiben war von besonderer Dringlichkeit und trug das Siegel des Stadtpräfekten. Es ging um die Versorgung Roms mit dem notwendigen Getreide; denn für das Vorhaben des Kaisers hatte man jedes Handelsschiff entlang der Küste beschlagnahmt und nach Baiae verbracht, so dass die üblichen und für die Ernährung so vieler Menschen unentbehrlichen Importe ausblieben. Zudem wurde alles Korn und alles Vieh, alles Gemüse und alles Obst der Gegend, jede Ladung Heu und Hafer nach Baiae geschafft, um die ungewöhnliche Ansammlung von Menschen und Tieren zu versorgen.

Nur wenige Tage und Wochen reichten aus, um in der Hauptstadt eine Hungersnot ausbrechen zu lassen, die eine beträchtliche Zahl von Opfern forderte. Schon lange gab es das Sprichwort, Rom sei nicht das Herz des Reiches, sondern sein Magen. Wie sehr dies stimmte, zeigte sich in jenen Tagen mit erschreckender Deutlichkeit. Und so war das prächtige Schauspiel, das den Kaiser über alle Sterblichen erheben sollte, mit dem Elend und der Not der ohnehin schon Armen teuer erkauft. Es war ja keineswegs so, dass es kein Getreide oder Brot mehr gab, nur hielten es die Spekulanten in ihren Magazinen zurück und warteten, bis die Preise in die Höhe schossen. Natürlich bekamen die einfachen Leute für ihre Arbeit nicht im gleichen Maß mehr Geld, und so mussten sie mit Verbitterung feststellen, dass die Arbeit eines Tages zwar immer noch zwei Sesterzen wert war, diese aber nicht mehr reichten, um genügend Brot, geschweige denn Käse oder Speck zu kaufen.

Mit einem Male wurden auch die anderen Dinge unerhört teuer, auch wenn es sich gar nicht um Waren handelte, die mit dem Schiff aus Sizilien oder Ägypten kamen. Als ich mich später unerkannt in den Norden durchschlug, sah ich das Elend in den Hütten und den dunklen Höfen, nicht aber in den Villen und Palästen. Justitias Waage ist ein sonderbares Instrument: Je mehr man in die Schale der Reichen füllt, desto weniger ist in der Schale der Armen – und in den Schüsseln auf ihren Tischen. Auch beherrschen die Spekulanten die geheime Kunst, nach der die Alchemisten seit jeher forschen: Sie können die unedlen Metalle in Gold verwandeln. Denn aus den kupfernen Assen zahlloser Plebejer wird in ihrer Schatulle ein goldener Aureus.

Doch davon bemerkte man zu dieser Stunde in den Straßen von Baiae, Bauli und Puteoli nichts. Vielmehr lag die ganze Gegend entlang der Küste wie in einem Fieber. Während die einen auf dem Wasser ihre Herkulesarbeit verrichteten, um den Traum des Kaisers zu erfüllen, trieben die anderen Müßiggang und begannen bereits am Vormittag mit dem Feierabend. Man bedeutete mir, meine Dienste würden vorerst nicht benötigt, und so trat ich, einen Becher Posca in der Hand, ins Peristyl, um mich in den Schatten einer Säule zu setzen. Der saure Geschmack des Essigwassers erfrischte mich nach dem scharfen Ritt, und ich verspürte den dringenden Wunsch, die Thermen aufzusuchen, um mir den Staub von den Gliedern zu waschen. In all den späteren Jahren, die ich unter den Britanniern verbringen sollte, fehlte mir nichts von unserer römischen Kultur so sehr wie das köstliche Wechselspiel aus warmen und kalten Bädern und das geschmeidige Gefühl eines guten Salböls auf der Haut.

Unser Quartier in Baiae war großzügig ausgestattet und besaß neben Stallungen, Werkstätten und Unterkünften für die Boten auch eine kleine Therme, die aber gerade im Umbau war. Die Stadt verfügte jedoch über eine Vielzahl von öffentlichen Bädern, von denen ich das nächstgelegene wählte. Es war voll und laut, wie das in den großen Anlagen stets der Fall ist; nun aber befanden sich besonders viele Müßiggänger darin, die allesamt der Hitze und dem Dreck entfliehen wollten. So war es schwierig, Ruhe und Erholung zu finden, und auch mir bereitete das Bad nicht das erhoffte und gewohnte Vergnügen. Den eigentlichen Grund für meine Ruhelosigkeit jedoch, den brachte ich selber mit:

Meine Gedanken kreisten immerfort nur um Valeria, und jeder ihrer Sätze hallte wie ein Echo in mir nach. Der Geist ist eben anspruchsvoller als der Körper. Es ist so leicht, die Haare und die Haut zu reinigen; doch was man im Kopf mit sich herumträgt, das spült auch das klarste Wasser nicht fort.

Immerhin erfuhr ich, während ich mich im Caldarium räkelte, den neuesten Klatsch. Wenn man wissen möchte, was in einer Stadt so vor sich geht, dann gibt es dafür drei geeignete Orte: die Latrinen, den Brunnen, wo die Mägde Wasser holen –und eben die öffentlichen Bäder. So hörte ich, dass der Kaiser sein ohnehin grandioses Schauspiel noch mit einer einzigartigen Zutat überhöhen wollte. Neben mir im Becken lag ein grobschlächtiger Kerl, den ich eher für einen Gladiator als für einen Steuermann gehalten hätte; er erzählte mir aber, dass sein Schiff vor kurzem in besonderer Mission aus Alexandria zurückgekehrt sei. Sie hätten nämlich eine Delegation des Kaisers dort an Land gesetzt, die den Auftrag hatte, die Rüstung Alexanders des Großen aus dessen Grab zu holen! Er habe mit eigenen Augen die vernagelte Truhe gesehen, die während der ganzen Fahrt von Prätorianern bewacht wurde.

Das sei nun eine gänzlich andere Fracht als meine Briefchen und Depeschen, meinte er. Und damit hatte er wohl recht, sofern er denn die Wahrheit erzählte. Ein dicker Viehhändler, der an unserem Gespräch beteiligt war, bezweifelte es jedenfalls und fragte spitz, ob unser Augenzeuge denn auch in die Kiste hinein gesehen habe. Diese Frage führte fast zum Streit. Im Übrigen machten auch Gerüchte die Runde, dass die Rüstung, die Caligula am nächsten Tag tatsächlich trug, nicht die des Alexander gewesen sei, sondern recht frisch aus einer tarentinischen Schmiede stammte. So ist das stets mit den Werken und Taten der Großen: Immer rankt sich um sie das Gerücht wie Efeu um einen mächtigen Baum. Ich kann dazu nur sagen, dass es eine wahrhaft prächtige Rüstung war; und ich habe sie aus der Nähe gesehen, viel näher als der großmäulige Steuermann. Wie es dazu kam, will ich nun gleich erzählen.

Die Sonne stand bereits tief, als ich zur Unterkunft zurückkehrte. Es war schon fast an der Zeit, zum Tempel der Diana aufzubrechen, wo ich Valeria zu finden hoffte. Der Gedanke hatte etwas sonderbar Erregendes, und die letzte noch verbliebene Stunde schien mir länger zu sein als all die Monate davor. Im Peristyl bemerkte ich den Praepostus im Gespräch mit einem Offizier der kaiserlichen Garde.

Der Vorsteher blickte sich suchend um. Als er mich sah, hellten sich seine Züge auf, und er winkte mich heran. Mir war es unangenehm, denn ich vermutete, dass man nun doch von mir zu hören wünsche, wie die Dinge in Rom bei meiner Abreise standen. Der Centurio erkundigte sich nach meinem Namen und musterte mich von oben bis unten, dann nickte er: »Den kenne ich«, sagte er, und in der Tat erinnerte auch ich mich daran, ihm schon begegnet zu sein. Denn seine rechte Wange war vom Kinn bis unters Auge von einem großen, leuchtend roten Muttermal entstellt. Da wusste ich plötzlich wieder, wann und wo ich ihn gesehen hatte: an einer Raststation im Süden, eine Tagesreise vor Neapel. Die ganze Mansio war von Prätorianern besetzt gewesen, die eine Reisekutsche eskortierten. Sie beanspruchten nicht nur die frischen Pferde für sich, sondern auch den Rest der Unterkunft und meinten, ich könne ja im Stall schlafen. Einer von ihnen kam mir besonders frech, und um ein Haar wären wir aneinander geraten, wenn nicht besagter Centurio dazwischen gegangen wäre.

Später erfuhr ich, dass die Eskorte Drusilla, die Lieblingsschwester des Kaisers, begleitete; sie selbst bekam ich aber nicht zu Gesicht. Mir war es also gar nicht recht, dass der Centurio mich wieder erkannte – noch dazu, als ich begriff, dass es der Trecenarius persönlich war, der Oberste der Gardereiter! Er schien mir aber den Vorfall in keiner Weise nachzutragen, denn er meinte jovial mit einem Blick auf meine nassen Haare: »Wie ich sehe, hast du dich bereits erholt. Nimm dir ein Pferd und folge mir. Ich habe einen wichtigen Auftrag für dich.«

Mit einem Schlag waren meine Bedenken verflogen. Der Trecenarius höchstpersönlich war gekommen, und der Praepostus hatte mich empfohlen! Das war der Tag, auf den ich schon so lange wartete, von dem ich träumte! Natürlich sagte eine innere Stimme mir, dass an der Sache etwas faul sei. Was für ein Auftrag sollte das sein, mit dem der Kommandeur der Gardereiter einen einfachen Kurier betraute? Hatte er nicht selbst genügend Männer und Pferde zur Hand? Doch vielleicht bestand Bedarf an neuen Rekruten, und der

Auftrag war als Probe gedacht, um mich zu testen. So verschleiern unsere Wünsche uns den Blick auf die Gefahr, und wir glauben, was wir glauben möchten.

Ich tat also wie geheißen. Mit einem frischen Pferd folgte ich dem Trecenarius durch die Stadt. In den Tavernen gingen bereits die Lichter an, und das frohe Lachen und Johlen der Zecher drang aus den Fenstern. Vornehme Leute, begleitet von fackeltragenden Sklaven, wahrscheinlich Gäste einer privaten Feier, kreuzten unseren Weg. Wir ritten in Richtung des Hafens von Bauli, wo das Gewimmel und der Lärm des Tages nun endlich zur Ruhe gekommen waren. Das Meer lag still und dunkel unter dem wolkenlosen dunklen Himmel, nur eine schmale Reihe kleiner Lichter glänzte durch den Abend.

Das waren die Wächter draußen auf der Brücke, welche nun, gleich einem schlafenden Seeungeheuer, in der Bucht von Baiae lag. Wir passierten eine Reihe von Wachtposten, die das letzte Stück des Weges sicherten und offenbar Weisung hatten, niemanden ohne besondere Genehmigung durchzulassen. Am Strand, nicht weit vom Kopf der mächtigen Schlange entfernt, stand ein großes Zelt mit purpurnen Bahnen und vergoldeten Stangen, bewacht von Prätorianern. Es war offenkundig, dass sich eine wichtige Persönlichkeit darin aufhielt; doch dass es wirklich der Kaiser selbst sein könnte, vor den ich treten sollte, wagte ich mir kaum vorzustellen. Wohl war ich als Bote schon einigen Magistraten und Mitgliedern des engeren Kreises begegnet, doch dem Imperator selbst noch nie; und ich kannte auch keinen anderen Kurier, der das behaupten konnte. Mir wurde plötzlich heiß und kalt zugleich, denn ich wusste nicht einmal, wie ich mich im Angesicht des Herrschers der Welt verhalten sollte oder wie er anzureden war.

Während ich noch über dergleichen nachdachte, erbat mein Führer bereits Einlass und schlug die Zeltplane zurück. Das Innere war prächtig ausgestattet. In der Mitte befand sich ein Tisch mit goldenen Kelchen, die im Licht der zahlreichen Lampen funkelten. Um den Tisch stand eine Gruppe von Männern, die sich leise unterhielten. Im Hintergrund waren zwei Diener damit beschäftigt, einem jungen Mann eine prachtvolle Rüstung anzulegen. Er wandte der Gruppe und auch uns, während wir eintraten, gerade den Rücken zu, und dennoch war mir schlagartig klar, dass dies der Kaiser Gaius sein musste, auch wenn er ganz und gar nicht den Statuen und Bildnissen glich, die überall von ihm aufgestellt waren.

Er war außerordentlich groß und korpulent, doch seine Glieder wirkten zart, sein Hals war lang und dünn. Mit einem Male drehte er sich um, und ehe ich die Augen demütig zu Boden senkte, konnte ich einen Blick auf sein Gesicht erhaschen. Er besaß eine breite Stirn und, trotz seiner Jugend, nur wenige Haare; die Augen lagen tief in ihren Höhlen und schienen im Licht der Lampen unheimlich zu funkeln. Er breitete die Arme aus, so dass der prachtvolle Harnisch besser zur

Geltung kam, und die Anwesenden zollten ihm Lob und Beifall. Ich habe keine Ahnung, was für eine Rüstung der Bezwinger Persiens in seinen Schlachten zu tragen pflegte – dieses funkelnde Stück war jedenfalls nur für eine Parade oder die Reise ins Jenseits geschaffen worden.

Natürlich blieb mir keine Zeit, darüber nachzudenken, denn nun wandte sich der Kaiser dem Trecenarius zu, der meinen Namen nannte und mich als *den gewünschten Reiter* ankündigte. Bis heute habe ich nicht in Erfahrung bringen können, was ausgerechnet mir die zweifelhafte Ehre einbrachte, in jener Nacht vor Caligula geführt zu werden, in dessen Garde es genügend gute Reiter gab.

Ich kann mir nur denken, dass der Trecenarius um die Gefährlichkeit des Dienstes wusste und keinen seiner Leute opfern wollte; vielleicht gehört es aber auch zu den Extravaganzen der Mächtigen, nicht auf das Naheliegende zurückzugreifen.

Noch immer hielt ich scheu den Kopf gesenkt, als ich spürte, dass Caligula mich ansah. Ich wagte es, den Blick zu heben und stand nun unmittelbar vor dem Herrscher der Welt. Seine Augen waren ein wenig gerötet wie bei einem, den der Schlaf beständig meidet, und er musterte mich wie ein Händler ein Stück Vieh, dessen Preis ihm etwas zu hoch erschien. Seine Lippen waren trocken und spröde, und auf einen Wink hin reichte ihm ein Diener einen der mit Edelsteinen besetzten Kelche. Dabei ließ er nicht von mir ab, sondern schritt, in kleinen Schlucken trinkend, einmal um mich herum. Es war so still im Zelt, dass man das Leder seiner Schuhe knarzen hörte.

»Er soll reiten«, sagte er schließlich mit heiserer Stimme und wandte sich ab.

Alle verließen das Zelt. Man erklärte mir leise den Auftrag: Die Brücke sei am Nachmittag fertig gestellt worden, doch bislang habe niemand zu Pferde die gesamte Strecke über das Wasser zurückgelegt. Bevor aber am kommenden Tag der Kaiser dies vor aller Augen tun könne, müsse man in Erfahrung bringen, wie sicher es sei und wie schnell man auf dem ungewöhnlichen Weg vorankomme. Natürlich durfte das nicht bei Tageslicht geschehen, man hätte das Schauspiel durch die Probe vorweggenommen. Und jetzt, bei Einbruch der Nacht, war schon ein guter Reiter vonnöten. Ich solle mir aber keine Sorgen machen, meinte der Trecenarius, denn es sei ja eine klare Nacht, der Mond scheine hell, und an der Strecke habe man Fackelträger aufgestellt.

Bei der Erwähnung des Mondes erinnerte ich mich an Valeria, die nun am Tempel der Diana vergeblich auf mich wartete und die ich in der Aufregung tatsächlich vergessen hatte. Doch tröstete ich mich mit der Hoffnung, ein derart ungewöhnlicher Auftrag werde mir eine besondere Belohnung einbringen. Einen Augenblick lang malte ich mir aus, wie ich Valeria die Zeichen kaiserlicher Gunst zu Füßen legen würde. Was war ich doch für ein Narr! Ich hatte in die Augen dieses

Menschen geblickt und nicht erkannt, was für ein Ungeheuer er war, schrecklicher als die Medusa. Doch selbst wenn ich es erkannt hätte, ich war nun einmal in die Mühlen der Macht geraten, und reiten musste ich, so oder so.

Also schwang ich mich in den Sattel und lenkte das Pferd auf die Brücke. Ich erwartete, dass der Boden schwanken würde, denn es waren doch nur Schiffe unter den Steinen und nicht Italiens feste Erde. Das erste Stück legte ich vorsichtig zurück, dann, etwas kühner geworden, ließ ich das Tier in Trab verfallen. Zu beiden Seiten lag die dunkelblaue Bucht, in der sich silbern das Licht des Mondes und der Sterne spiegelte. Die Posten längs des Weges nahmen Haltung an, als ich vorüber ritt, ein jeder eine Fackel in der Hand, die mir den Weg erhellte.

Ungefähr in der Mitte, wo eine Art von Bühne errichtet war, machte ich Halt und ließ die Blicke schweifen. Ich war allein auf meinem Pferd, inmitten des kühnsten Werkes von Menschenhand, über mir der endlose Himmel, unter mir das unergründliche Meer, und im Westen, Norden und Osten an den Ufern glitzerten die Lichter der Städte und großen Villen. Und irgendwo, mehr als eine Meile entfernt, wartete der Kaiser auf seinen Kurier, der ihm die Meldung bringen sollte, dass er die Bucht von Baiae gefahrlos zu Pferde überqueren könne.

Ich weiß nicht, was Caligula am anderen Tag fühlte, als er an dieselbe Stelle kam; doch ich war eine Weile wie berauscht, ich fühlte mich den Göttern nahe und dennoch winzig klein unter den Sternen. Hätte Neptun in dieser Nacht beschlossen, das Meer mit seinem Dreizack aufzuwühlen, wären all die hochfliegenden Pläne zunichte gemacht worden, und nichts wäre geblieben als ein Haufen treibender Planken.

»Bedenke, dass du sterblich bist«, flüstert der Sklave dem Feldherrn beim Triumphzug zu, während er ihm den Lorbeer übers Haupt hält – wie viel Weisheit liegt doch in dem alten Brauch, und es ist bezeichnend, dass Caligula keinen solchen Begleiter hatte.

Doch sicher verlangt es dich, geneigter Leser, zu erfahren, wie ich, dem Ikarus gleich, aus solcher Höhe der Ehre, der Gedanken und Gefühle hinabstürzte ins Elend. Ich vollendete meinen Ritt und kam wohlbehalten in Puteoli an. Dort wendete ich und kehrte, ohne mir eine Pause zu gönnen, auf demselben denkwürdigen Weg zurück nach Bauli. Ich erreichte das feste Land und stieg aus dem Sattel; sofort erstattete ich dem Trecenarius in knappen Worten Bericht.

Der Kaiser selbst war nicht zugegen, doch plötzlich kam er raschen Schrittes aus dem Zelt gelaufen. Seine Rüstung trug er nicht mehr, sondern eine schwarze Tunika, besetzt mit Perlen. Es sah aus, als sei er in den Sternenhimmel gehüllt. Er wirkte ungeduldig, und mit erhobenen Brauen blickte er fragend den Trecenarius an. Dieser sagte nur einen einzigen Satz:

»Er ist über die Bucht von Baiae geritten, Herr.«

Der Kaiser schwieg und alle anderen auch. Für eine Weile hörte man nichts außer das Rauschen des Meeres und den heiseren Schrei der Möwen über dem Wasser. Und den unheilvollen Nachhall jener wenigen Worte, deren Tiefe ich damals nicht sofort verstand. Ich kann auch nicht sagen, ob das alles so von Anfang an geplant war, oder ob dem Kaiser erst jetzt, in diesem Augenblick, bei dieser Antwort, bewusst wurde, dass sich aus seiner Sicht etwas Unerhörtes ereignet hatte, dass nämlich ein kleiner, gewöhnlicher Reiter, ein einfacher Sterblicher, ein Einzelner aus den Millionen und Abermillionen, die Ameisen gleich die Welt bevölkerten, soeben das getan hatte, was ihm als Bestätigung all seiner Macht und Allmacht vorschwebte.

Er schüttelte den Kopf, und seine Blicke wurden kalt wie Eis. Wann immer ich später von seinen Untaten und Grausamkeiten hörte, sah ich dieses Gesicht vor mir und glaubte alles. Er sah mich an und schien dabei durch mich hindurchzusehen, während er leise und tonlos sagte: »Das ist nie geschehen. Sorge dafür!« Und damit wandte er sich ab und ging zurück ins Zelt.

Ich stand da wie betäubt, als mich plötzlich zwei kräftige Hände von beiden Seiten packten und mich vorwärts rissen. Ich wollte mich wehren, doch dem eisernen Griff der beiden Soldaten entkam ich nicht. Sie schleppten mich zu einem Stapel Bauholz, der etwa fünfzig Schritt entfernt lag, und schleuderten mich zu Boden. Ein Schlag in meinen Nacken raubte mir fast die

Besinnung. Der Trecenarius gab einen Befehl, und die beiden traten zurück. Als ich benommen den Kopf hob, fühlte ich die Spitze seines Schwertes an meinem Hals. Ein Schnauben verriet mir, dass auch mein Pferd nicht weit sein konnte. Das arme Tier scharrte nervös mit den Hufen im Sand und bäumte sich dann auf, als ahne es bereits das Unheil, doch die Soldaten hielten es fest.

»Du hast den Kaiser gehört«, vernahm ich die Stimme des Mannes mit dem feuerroten Mal. »Niemand ist vor ihm über die Bucht von Baiae geritten. Kein Mensch und kein Pferd.«

Er gab einem der Soldaten ein Zeichen, und dieser schnitt dem armen Tier die Kehle durch, so dass es tot zusammenbrach. Ich war mir sicher, dass auch mich der Tod erwartete. Was in mir vorging während dieser kurzen Augenblicke, vermag ich nur schwer in Worte zu fassen. Ich habe oft gesehen, wie unterlegene Gladiatoren ihre ungeschützte Kehle stolz dem Sieger zum Todesstoß darboten, und von Caesar heißt es, er habe noch unter den Dolchen der Senatoren an seine Würde gedacht, indem er seine Toga festhielt. Mir aber kam nichts dergleichen in den Sinn; da waren kein Stolz und kein Bedauern, keine Empörung gegen das Unrecht und kein jammerndes Elend, kein Stoßgebet an die Götter und kein Gedanke an eine List, um dem Tod noch von der Schippe zu springen; auch sah ich meine Eltern nicht vor mir oder Valerias helle Augen. Da war nichts als ein seltsames Gefühl der Taubheit, so wie wenn einem der Arm oder das Bein einschläft, nur dass es alle meine Glieder, den ganzen Körper vom Scheitel bis zur Sohle erfasste. Es war alles wie in einen Nebel gehüllt, in dem ich sonderbarerweise ein paar Einzelheiten mit unfassbarer Klarheit erkennen konnte: die kleine Muschel, die am Boden vor mir im Sand lag; ein Büschel Gras, das sich im Wind bewegte. Dieser trug den Geruch von Salz und Meer in meine Nase, der mich plötzlich an das Aroma von Garum denken ließ, mit dem wir unsere Speisen würzen.

Man möchte beinahe lachen, dass man, den Tod vor Augen, so einen Unsinn denken und fühlen kann. Aber vielleicht spürte ich auch deshalb nicht den kalten Hauch des Todes, weil es einfach noch nicht an der Zeit für mich war. Es mag wohl anders sein, wenn ich dereinst tatsächlich die Fahrt über die Fluten der Styx antreten soll – denn auf uns alle wartet der finstere Fährmann in seinem schwarzen Kahn.

Vielmehr beschäftigt mich jedoch, was damals in den beiden Soldaten vorging, die ein kaiserliches Wort zu Henkern bestimmt hatte, so wie mich zum Opfer.

Es war ganz still.

Wir waren offenbar allein zurückgeblieben, der Trecenarius überließ das blutige Handwerk seinen Untergebenen. Ich kniete vor dem Prätorianer, den Nacken gebeugt, den Tod erwartend, er hielt die Spitze seines Schwertes gesenkt, bereit zum Stoß. Er hob das Schwert – und zögerte. »Nun mach schon«, hörte ich die Stimme des anderen; sie klang wie aus weiter

Ferne. Noch immer geschah nichts. Dann hörte ich den ersten fluchen:

»Bei Mithras, morgen ist Sonnenwende, da soll ich zum Nymphus geweiht werden; ich will jetzt keine Blutschuld auf mich laden.«

»Verdammt, du hast Recht«, sagte der andere.

Sie schwiegen. Dann tauchte einer der beiden seine Klinge in das Blut des Pferdes, das neben mir verendet war, und gab mir einen Tritt: »Steh auf und verschwinde! Du bist jetzt tot.« Mit diesen Worten wandte er sich um und schritt davon, gefolgt von seinem Kameraden.

Gepriesen sei die Ehrfurcht der Römer vor dem heiligen Kalender! Die beiden gehörten, wie viele andere Soldaten auch, dem Kult des Mithras an, der an den Sonnenwenden seine höchsten Feste hat; und auch der Kaiser wählte diesen bedeutungsvollen Tag, um seine Macht zu demonstrieren. Es mag höchst sonderbar erscheinen, dass ein solcher Zufall mir das Leben rettete, doch ähnelt dieser eine Tag in nichts den vielen tausend anderen in meinem Leben! Auch darf man nicht vergessen, dass ich ja nur dem Schwert des Henkers entronnen war, doch nicht dem Urteil selbst.

Ich behielt bloß das Leben, den Körper, das Fleisch, das Blut, die Muskeln und Sehnen – und irgendwo darin auch eine Seele. Aber das gesamte Dasein, die Existenz, all das, was an einen Namen geknüpft ist, Rechte, Besitz, Verdienste, Vergangenheit, Hoffnung und Zukunft, war dahin. Ich wurde ein Schatten, zurückgekehrt wie Orpheus aus der Unterwelt, mit leeren Händen ... Und auch ich hatte meine Eurydike verloren! Denn Valeria war mir von einem Augenblick zum anderen ganz unerreichbar geworden. Die schöne Hoffnung, vor wenigen Stunden erst erblüht, sie lag gebrochen und zerstört im Staube. Denn ich war weniger als Nichts geworden, ich war ein wandelndes Unheil. Meine Nähe war gefährlich, und meine Liebe brachte den Tod.

Natürlich verfügte ich damals weder über die geistige Klarheit noch über die Zeit, meine Lage so zu betrachten, wie ich es nun beim Schreiben dieser Zeilen tue.

Denn wer konnte schon sagen, ob die Vollstreckung des Urteils nicht nur aufgeschoben war, ob nicht im nächsten Augenblick ein anderer Henker erscheinen würde, um das Werk des ersten zu vollenden? Fort musste ich also, fort von dieser Stätte des Blutes und der zu widerrufenden Gnade; fort von dem Strand und möglichst bald fort aus der Stadt. Und danach fort aus Italien. Noch immer lag ich auf der Erde, ausgestreckt wie ein Toter. Ich rappelte mich auf, doch die Beine versagten mir den Dienst. So kroch und zog ich mich die Böschung hinauf, im Schutze der Nacht und ihres schwarzen Mantels. Kaum war ich zwischen ein paar Bäumen verschwunden, als ich hinter mir Stimmen und Schritte vernahm. Es waren Sklaven, mit Spaten und Hacken über der Schulter. Schimpfend und fluchend über den elenden Dienst begannen sie, den

Pferdekadaver zu vergraben. Ich wartete nicht ab, bis sie auch nach meinem Leichnam suchten, falls sie überhaupt auf den Gedanken kamen, sich unnötige Arbeit zu machen, sondern schlich davon.

In einer Mulde, bedeckt mit einigen Zweigen, rollte ich mich zusammen wie ein Tier und gab mich für eine Weile der Verzweiflung hin. Ich würde gern behaupten, dass ich das Unglück mannhaft ertrug, wie die Stoiker es predigen; doch das ist leicht gesagt und schwer getan, wenn das Rad des Schicksals einen so von der Höhe hinabstößt und unter sich zermalmt. Vor Erschöpfung überkam mich endlich der Schlaf.

Als ich die Augen wieder öffnete, erschrak ich, denn der Morgen graute bereits, doch glücklicherweise war ich in meinem Unterschlupf vor fremden Blicken verborgen geblieben. Es gelang mir, in der Nähe etwas Essbares aufzutreiben, und nachdem ich den ärgsten Hunger gestillt hatte, begann ich, Pläne zu schmieden und an die Zukunft zu denken. So viel vermochten etwas Schlaf und Nahrung selbst in tiefster Not. Meine Lage war im Grunde unverändert, doch nun besaß ich genügend Kraft, die Möglichkeiten und Gefahren abzuwägen. Konnte ich es wagen, mich heimlich in die Unterkunft zu schleichen, um wenigstens die paar Habseligkeiten zu retten, die ich dort gelassen hatte? Denn eine Rückkehr nach Rom, in das alte Mietshaus in der Subura, in dem ich lebte – oder bisher gelebt hatte – erschien mir zu gefährlich. Von meinen wenigen Freunden war keine Hilfe zu erwarten; man konnte zwar mit ihnen die Zeit bei Wein und Würfelspiel verbringen, doch als Helfer in der Not taugten sie wenig; und die zwei oder drei, die das Herz am rechten Fleck hatten, wollte ich nicht in Gefahr bringen. Aus dem gleichen Grunde erschien es mir falsch, meine Schwester aufzusuchen, die ebenfalls in der Subura lebte: Sie war ein ängstliches Geschöpf und hatte drei oder vier Kinder – zudem war ihr Mann ein habgieriger Lump, der sicher nicht zögern würde, mich zu verraten, wenn ihm als Lohn ein Beutel Sesterzen winkte. Vielleicht tue ich ihm auch Unrecht, denn er bekam nie die Gelegenheit, das Gegenteil zu beweisen. Doch schien es mir damals besser, mein Schicksal allein zu tragen, da das Unheil über mir wie eine schwarze Wolke schwebte.

Aber was war mit Valeria, die am Abend – und viele Monate davor – umsonst auf mich gewartet hatte? Sollte ich verschwinden, ohne sie noch einmal zu sehen? Sollte sie nicht wenigstens erfahren, was geschehen war? Doch wie war das zu schaffen? Sie aufzusuchen, erschien mir leichtsinnig – und wie oder durch wen hätte ich ihr eine Botschaft schicken können? Welch eine Ironie des Schicksals, dass ich, der ich so viele Briefe und Nachrichten im Auftrag Fremder überbrachte, nun keinen Weg fand, dies für mich selbst zu tun! Gewiss würde Valeria ahnen, dass etwas geschehen sei, sie würde bei den Ställen nach mir Ausschau halten, nach mir fragen – doch was konnte sie dort in Erfahrung bringen? Ich musste davon ausgehen, dass mein Tod bereits gemeldet war. Hingerichtet wegen Hochverrats – und jeder würde den Mantel des Schweigens über mein Schicksal breiten und sich beeilen, meinen Namen zu vergessen.

Dennoch konnte ich mich nicht so einfach damit abfinden, das Mädchen ohne ein Wort des Abschieds zu verlassen. Auch schien es mir besser, noch eine Weile in dem vorherrschenden Getümmel unterzutauchen und erst in ein paar Tagen, wenn die Menschenscharen sich in alle Richtungen zerstreuten, der Stadt den Rücken zu kehren. Und tief in meinem Inneren, ich muss es gestehen, spürte ich sogar das grausame Verlangen, dem Triumph des Kaisers beizuwohnen, welcher ja der Grund für mein Verderben war. Ich suchte mir also eine Stelle am Ufer, an der ich vor fremden Blicken geschützt war, die aber dennoch gute Aussicht auf die Brücke bot, und erwartete den Tag.

Was nun folgte, haben Tausende gesehen, und einige haben es auch niedergeschrieben, denn es war ein Ereignis, wie es sich noch niemals zugetragen hatte, beispiellos in seinem Ausmaß – und in seiner Anmaßung. Zwar hatten Feldherren und Könige schon oft in der Geschichte Flüsse oder gar Meerengen überbrückt, doch immer war es aus Notwendigkeit geschehen; sie hätten sich und ihrem Heer die Mühe wohl erspart, wäre es auch auf andere Weise möglich gewesen, ans andere Ufer zu gelangen. Doch diese Brücke des Caligula war ohne echten Zweck und

Nutzen, sie diente nicht dem Krieg und nicht dem Handel, sie sollte niemandem die Reise verkürzen oder vom Wasser getrennte Städte miteinander verbinden. Es ging nicht darum, von Bauli nach Puteoli zu kommen und zurück; der einzige Grund für dieses unfassbare Unternehmen war, dass einem einzelnen Menschen, einem jungen im Luxus schwelgenden Mann, die ganze Erde nicht genügte, dass alle Länder, alle Straßen seines Weltreichs ihm zu wenig waren.

Nein, er musste über die Wogen des Meeres dahinjagen wie ein Gott, dem Gesetz der Natur, dem Willen der Unsterblichen, der Macht des Schicksals zum Trotz! Und Tausende kamen herbei geströmt, um das zu sehen! Um zu sehen, wie ein verwöhnter Popanz, dem der Lorbeer in den Schoß gefallen war, den Reichtum dreier Erdteile mit beiden Händen ins Meer warf. Mochten auch anderswo Menschen hungern und sogar sterben, weil die Schiffe kein Korn mehr brachten und stattdessen nutzlos in der Bucht von Baiae dümpelten, mochte der schon arg geschrumpfte Staatsschatz gänzlich zur Neige gehen, mochte das Spektakel auch mit Blut und Tränen teuer bezahlt sein: Jeder wollte dabei sein, wollte schauen, staunen und gaffen, und jeder wollte später sagen können, auch er sei damals mit dabei gewesen.

Und was das Schlimmste war: Selbst ich, der ich doch allen Grund hatte, diesen Anblick zu meiden, von diesem Ort zu fliehen, ihn schleunigst zu verlassen, auch ich vermochte nicht zu widerstehen! Dabei gab es lächerlich wenig zu sehen von meinem Versteck aus, und den vielen tausend anderen wird es kaum besser ergangen sein.

Schon früh drängten sich die Menschen im Hafen und auf den höher gelegenen Plätzen. Die Pfiffigsten deckten sogar die Dächer ihrer Häuser ab und vermieteten die so geschaffenen Logen an Schaulustige. Etliche wagten sich in kleinen Booten auf die Bucht hinaus, um der gewaltigen Brücke möglichst nahe zu kommen. Die meisten jedoch konnten das Schauspiel nur aus der Ferne verfolgen, und ihnen mussten der Kaiser und sein Tross aus der Entfernung klein erscheinen, wie goldene, glänzende Käfer, die über ein langes Holzstück krabbeln. Ich konnte von meiner Warte aus den Anfang des Schauspiels recht gut erkennen. Der Kaiser trug tatsächlich die prunkvolle Rüstung, darüber eine purpurne Chlamys, bestickt mit Gold und Edelsteinen, die in der Sonne blitzten. In ähnlicher Weise war auch sein Pferd geschmückt, ein wahrhaft edles Tier, das auf den Namen Incitatus hörte. Das schöne, stolze Wesen verdiente einen anderen Reiter als dieses Scheusal, auch wenn es heißt, der Kaiser habe es abgöttisch geliebt und ihm den Hafer in eine goldene Krippe schütten lassen. Es tänzelte nervös, die wertvolle Last behagte ihm offenbar nicht, hinzu kam der Lärm der tosenden Menge.

Bevor der Festzug die Brücke betrat, machte man Halt am Meeresufer. Dort stand ein kleiner Altar, auf dem das Feuer bereits rauchte. Der Kaiser brachte zwei

Opfer dar, das eine dem Neptun, als Dank für die Ruhe der See, das andere der Invidia, aus Angst vor dem Neid auf sein übermenschliches Glück. Was für ein Narr! Wer den Neptun achtet, der fordere ihn nicht auf diese Weise heraus, und wer den Neid der Menschen fürchtet, der hülle sich in Bescheidenheit! Der große Augustus trug noch einen Strohhut, wenn er im Sommer übers Forum ging, Caligula erschienen selbst Gold und Purpur zu gewöhnlich.

Alles war erlesen, alles war teuer, und alles war auf Wirkung bedacht wie im Theater, und die Brücke war ja nichts anderes als eine Bühne, wie auch die Bucht mit ihren sanft aufsteigenden Hängen einem Theater glich. Als Erster und deutlich vor allen anderen, damit man auch aus der Ferne erkennen konnte, wer der Herrscher war, ritt er hinauf auf die Brücke. Ihm folgten Reiter und Fußsoldaten in Waffen; Hörner schallten über die Bucht und Trommelschlag rollte wie Donner. So zog Caligula wie im Triumph, doch ohne jemals ein Heer geführt zu haben, über das Wasser und drang in Puteoli ein, als wolle er es erobern.

Von dort brach er am anderen Tage auf, um abermals über die Brücke zu fahren, doch dieses Mal auf einem goldenen Wagen, gezogen von vier schneeweißen Pferden. Ein langer Zug mit Packtieren und Karren folgte ihm nach, beladen mit reicher Beute. Ich habe keine Ahnung, woher die Stücke stammten, ob er Puteoli geplündert hat oder die Tempel von Rom – denn eigene Verdienste und Erfolge hatte er nicht zu verbuchen. Der Beute folgten seine Freunde und Gefährten, oder vielmehr seine Schmeichler und Parasiten, dann kamen das Heer und all die Leute, die gesehen werden wollten. In der Mitte der Brücke hielt der Zug an, und der Kaiser betrat die schon erwähnte Rednerbühne. Seine Stimme hörte ich nicht, doch gab es Herolde, die seine Sätze wiederholten und an die Menge weitergaben. Und so drangen die Worte des Tyrannen auch zu mir, dem lebenden Toten, in meinem Versteck. Caligula rühmte sich, den Sieben Weltwundern das achte hinzugefügt und alle anderen übertroffen zu haben, und ließ sich huldigen als Herr über Land und Meer.

Weder Darius noch Alexander, die man doch beide als die Großen bezeichnete, hätten dergleichen vollbracht. Ja nicht einmal Caesar, der als Erster eine Brücke über den Rhein geschlagen habe, könne sich mit ihm vergleichen. Und um das Maß seines Frevels voll zu machen, behauptete er, selbst Neptun habe vor ihm Angst bekommen und wage es nicht, die Meeresoberfläche zu kräuseln. Und wirklich, selten hat man die Bucht von Baiae so sanft und still und glatt erlebt wie an diesem Tage. Wie könnte man da nicht beginnen, an den Göttern zu zweifeln? Den frommen Laokoon verschlang das Ungeheuer des Meeres samt seinen Söhnen, obwohl er die Wahrheit sprach; und dieser Tyrann blieb nicht nur am Leben, er feierte auch seinen Triumph. Mit beiden Händen warf er Münzen unter die Soldaten, und nicht wenige fielen ins Meer.

Dabei lachte er so laut, dass der Wind es bis zu mir herüber trug.

Den ganzen Tag lang fand ein Festschmaus statt, und die Städte durchzog der würzige Duft der Speisen. Auch auf dem Wasser, in den Booten und Kähnen, saßen die Menschen und zechten. Wie gerne hätte ich es den Möwen gleich getan, die vom Himmel herabstießen und sich an allem labten, was den Feiernden zu Boden oder ins Wasser fiel. Überall schien Freude, schien Überfluss zu herrschen, und selbst die Vögel konnten es sich leisten, wählerisch zu sein.

Da hielt auch ich es nicht mehr aus und wagte mich unter die Menge, getrieben vom Hunger und auch der Hoffnung, irgendwo im Gedränge Valeria zu begegnen. Doch nur das erste der beiden Verlangen konnte ich stillen, meine Seele musste weiter hungern. Während ich den Möwen und streunenden Hunden gleich – denn selbst den Bettlern ging es damals weniger elend – im Abfall nach Futter suchte, befuhr der Kaiser mit einer Liburne die Bucht und rammte zum Spaß die kleineren Boote. Etliche Menschen fielen ins Meer, und lauthals beschwerten sie sich im Scherz, dass der Kaiser ihnen Wasser statt Wein kredenzt habe. Doch einige ertranken auch.

So ging das bis in die Nacht; denn nur weil die Sonne untergegangen war, hörte die Feier nicht auf. Überall auf den Bergen loderten nun Feuer auf und tauchten die Bucht in ein unwirkliches Licht. Der Widerschein der Flammen tanzte rot und golden auf dem Wasser, und der zuckende Wechsel aus Helle und Schatten ließ die Gesichter der Menschen zu Fratzen werden. In der Schwärze schienen Panther zu lauern, und aus den Gluten sprangen Tiger hervor. Und wie es bei Nacht nicht dunkel wurde, so wurde es auch nicht still:

Ein dumpfes Brausen erfüllte die Stadt, ein wildes Gemisch aus Tönen und Klängen und Lauten, dem Brodeln der Menge, dem Stampfen der Tänzer, dem Dröhnen der Trommeln, aus dem das Klagen von Flöten und Oboen drang, und noch darüber schrill das Lachen und Kreischen der lüsternen Weiber. Der Wein floss in Strömen, troff den Zechern übers Kinn und auf die Kleider, ging ins Blut und in die Sinne, er ließ sie übermütig werden und alle Scham vergessen, Männer und Frauen, Knaben und Greise, Herren und Sklaven, Römer und Fremde, er raubte die Vernunft, er löste die Bande von Sitte, Anstand und Moral und bald auch die Gürtel der Gewänder. Nackt wie die Tiere sprangen sie einander an, wie geile Satyrn, wie rasende Mänaden. So hielt Bacchus Einzug in Baiae, und so machte der Kaiser die Nacht zum Tage. Ich aber floh aus dem wilden Treiben, denn weder Genuss noch Vergessen hielt es bereit für einen wie mich; und unerträglich wäre es gewesen, hätte ich in diesem Bacchanal Valeria erblickt.

Das also war das erste Mal, dass ich dem Kaiser Gaius, Caligula genannt, begegnete, der sich sogar den Göttern überlegen glaubte und mich ins Unglück stürzte. Das zweite Mal sah ich ihn an der Küste Galliens, im Frühling des Jahres 793 nach Gründung der Stadt. Es war nur wenig Zeit vergangen, nicht einmal neun Monate – das erscheint so wenig, wenn man es erzählt, doch für einen Verstoßenen wie mich bedeutete es die Ewigkeit. So manches könnte ich davon berichten, wie ich mich nach Norden durchschlug, wie jeder Tag ein Kampf ums Überleben wurde, wie die Angst mich in die dunkelsten Verstecke trieb und der Hunger mich wieder hervorlockte. Tatsächlich wagte ich mich einmal sogar bis in die Nähe Roms, ans Grab meiner Eltern, um ihnen das Totenopfer darzubringen und ein letztes Lebewohl zu sagen.

Doch fand ich nicht die stille, fromme Andacht wie sonst, denn jeder Hufschlag auf der Straße, jede verirrte Stimme in den Lüften schreckte mich auf und zerriss meine leisen Gebete. Obwohl ich nichts Böses getan hatte, fühlte ich mich wie ein Mörder, dem die Furien den Frieden der Seele und die Ruhe des Gewissens raubten. So ließ ich denn alles hinter mir und eilte davon, nur immer fort von der Stadt, aus der ein Netz von Straßen in alle Länder dieser Welt führte.

Zunächst verhielt ich mich dabei ganz wie ein entlaufener Sklave und vermied es, irgendeinem Menschen unter die Augen zu kommen. Doch bald wurde mir der Unterschied zwischen jenem und meinem Schicksal bewusst: Den Flüchtigen lässt sein Besitzer überall suchen, bis er ihn hat, weil er sein

Eigentum vermisst und ein Exempel statuieren will. Mich dagegen schien niemand zu vermissen und auch nicht zu suchen; denn ich war kein Sklave und kein Deserteur, der gegen seine Pflicht verstieß: Ich war ein Schatten, ein Gespenst, ein Geist, und meine Pflicht besagte, nicht zu existieren. Sobald also genügend Meilen zwischen mir und meinen Henkern lagen, fiel es mir leichter, zumindest für meine einfachsten Bedürfnisse zu sorgen. Zwar konnte ich den ärgsten Hunger mit Beeren stillen oder mit Früchten, die ich noch unreif von den Bäumen pflückte, doch war mein Magen nicht an solche Kost gewohnt, und wie oft sehnte ich mich nach einer Schale dampfender Grütze oder einem Kanten Brot!

In dem Maße, wie mein Bart wuchs und meine Kleidung zerlumpte, musste ich mehr und mehr für einen Bettler gelten – kein gern gesehener Zeitgenosse, aber immerhin einer, der sich auf Straßen und Plätzen zeigen und auf das Mitgefühl der Menschen hoffen darf. Allein, die Hoffnung wurde oft betrogen, denn die Armen haben zwar ein Herz, doch nur wenig zu geben; und die Reichen, die im Überfluss schwelgten, gingen achtlos an dem Hungernden vorüber. So litt ich denn Mangel an allem: Mein Körper hungerte nach Brot, mein Herz jedoch nach dem vertrauten Umgang mit anderen Geschöpfen.

Doppelt glücklich erschien mir deshalb der Tag, an dem ein junger Bauer in der Nähe von Pisa, der eben die Geburt seines Sohnes feierte, erfüllt vom eigenen

Glück, den hungrigen Fremden nicht von seiner Tür verjagte. Mit freundlicher Geste lud er mich ein in den schattig kühlen, blumengeschmückten Hof, wo es nach Essen duftete und der Wein im Mischkrug perlte. Es war ein schlichter, bescheidener Tropfen, doch hatte ich seit langem wieder das Gefühl, ein Mensch zu sein, da ich nicht einsam wie ein Tier aus einer Pfütze brackiges Wasser leckte, sondern gemeinsam mit anderen Menschen trank, aus einem Becher, verziert mit schönen Ornamenten und gefüllt mit einem Trank, den man auch Göttern spenden kann.

In besseren Tagen, als mir Fortuna wieder gewogen war, bekam ich so manch edleren Wein zu kosten, doch niemals verspürte ich wieder solchen Genuss wie damals, als der erste Schluck mir durch die Kehle rann! – Wahrlich, die Griechen sind doch weise, dass sie den Bacchus als Sorgenlöser verehren und ihm zu Ehren rauschende Feste feiern! Denn damals, im Kreis dieser glücklichen Familie, gesellte sich in meinem Geiste zu dem düsteren Wort Flucht der freundliche Begriff der Zuflucht – wo auch immer diese liegen mochte. Denn bis dahin war mein einziger Gedanke gewesen: nichts als fort von hier, so schnell und unauffällig wie möglich! Nun aber stellte sich die Frage nach dem Wohin. Ich sah kein bestimmtes Ziel vor Augen, doch schien mir Gallien recht verlockend, und jenseits des Rheins und des eisigen Meeres erstreckten sich Länder, in die der Arm des Kaisers noch nicht reichte. Freilich wurde mir zugleich auch bewusst, dass meine Zuflucht

Einsamkeit bedeutete. Niemals, so glaubte ich, würde ich ein solch frohes Haus wie das meiner Gastgeber bewohnen und niemals Valeria an meiner Seite haben.

So nahm ich denn Abschied von dem freundlichen Wirt und zog nach Norden, durch das Weinland der Etrusker und das sonnige Ligurien, ohne dass mir unterwegs ein Leid zustieß. Doch spürte ich schmerzlich, dass diese Art des Reisens sich von jener unterschied, die ich von früher gewohnt war: Als Botenreiter standen mir die Wechselstationen des Cursus publicus offen, mit allen Leistungen und Annehmlichkeiten, die dazu gehörten, den frischen Pferden, den Speisen, den Betten und den Thermen – und vor allem dem Gefühl, ein Teil der großen Macht zu sein, die alles ordnet und beherrscht.

Nun aber musste ich für alles selbst aufkommen und sorgen, und schlimmer noch: Das wohldurchdachte, kluge System, das mir sonst so angenehm gewesen war, hatte sich in eine Falle, in ein tückisches Netz verwandelt, durch dessen Maschen ich schlüpfen musste wie ein wendiger Fisch. Deshalb dachte ich für eine Weile auch daran, die ausgebauten Straßen zu verlassen und die Alpen auf verborgenen Pfaden zu überschreiten. Doch ist das leichter gesagt als getan. Denn in der Wildnis, fernab der Städte und Dörfer, war ich meines Lebens kaum sicherer als im Gewühl der Straßen. Zwar boten die entlegenen Täler Schutz vor der Macht des Tyrannen, doch drohte dort nicht weniger Gefahr durch die Gewalten der Natur: Ein

Steinschlag konnte den unvorsichtigen Wanderer in einem Augenblick begraben, in dichten Wäldern und dunklen Höhlen lauerten wilde Tiere, und immer wieder führte der Pfad entlang schwindelnder Abgründe, nicht weniger verderblich als die alles verschlingende See. So zumindest malte ich mir die Gefahren und Strapazen aus, die in den Bergen auf mich warteten. Auch machte ich mir keine falschen Hoffnungen, dass ich, ein Stadtmensch von Geburt, so ohne Weiteres im Reiche der Diana überleben würde. Dies lernte ich erst während meiner Zeit in Cantium von den Britanniern, die in dieser Hinsicht wahre Meister sind.

So blieb ich also hinter Genua auf der Via Julia Augusta und überquerte an einem düsteren Tag, an dem mir der Wind zuerst den Staub und später den Regen ins Gesicht blies, die Fluten des Varus. Damit verließ ich Italien und kam ins Gebiet der Seealpen. Im Norden sah ich die schroffen Berghänge aufragen, bis hoch an die Wolken und, wie mir schien, nur Jupiters Adlern zugänglich. Die Straße aber verlief entlang der Küste, und ich richtete die Augen lieber auf den vertrauten Anblick des Meeres, auch wenn dieses nun grau und stürmisch gegen die Klippen prallte.

Meine Füße schmerzten längst von den unzähligen Meilen, die ich zurückgelegt hatte, denn ich war ans Reiten oder den Sitz eines Wagens gewöhnt. So freute ich mich, als ich endlich Cemenelum vor mir erblickte. Die Stadt war der Hauptort der Provinz und der

Amtssitz des Präfekten, im Ganzen jedoch ein ziemliches Nest – zumindest war es damals so. In den Gassen aber herrschte reges Treiben, und an jeder Ecke gab es irgendeine Baustelle. An Arbeit war daher kein Mangel, und so gesellte ich mich auf dem Forum zu der Schar der Tagelöhner, die ein hartes, karges Leben führten – doch für mich war es bereits ein Aufstieg.

Ich legte meinen alten Namen ab und nannte mich fortan Secundus. Anfangs fühlte sich der Name fremd an wie eine viel zu weite Tunika, und es kam vor, dass man mich rief und ich den Kopf nicht hob, weil ich ja dachte, man meine einen anderen. Darum hielten mich manche für einfältig, doch war mir das ganz recht, denn Dummheit ist oft die beste Maske. Da ich aber ordentlich zupackte, war der Vorarbeiter stets mit mir zufrieden - und ich war es auch. Vielleicht wäre ich sogar in Cemenelum geblieben, denn die Stadt gefiel mir gut, auch wenn ich mich nicht wirklich sicher fühlte; aber schon nach kurzer Zeit sollte mir das Schicksal das Zeichen zum Aufbruch geben.

Das war an einem heißen Tag im August, die Sonne brannte unbarmherzig herab, doch mein Strohhut schützte mich zugleich vor ihren Strahlen und misstrauischen Blicken. Denn so ganz wollte mich die Sorge nie verlassen, die Vergangenheit könne mich einholen, auch viele hundert Meilen von Baiae oder Rom entfernt. Doch schien ich allen nur ein armer Schlucker unter vielen zu sein, der im Schweiße seines Angesichts sein täglich Brot verdient. Wir sollten eine

Fuhre bunter Steine besorgen, zwanzig schwere Säcke, die für ein großes Mosaik bestimmt waren. Ironischerweise handelte es sich bei unserem Ziel um den Amtssitz des Präfekten, ein altes, eher schlichtes Bauwerk, das dem Statthalter nun wohl zu unscheinbar geworden war.

Wir luden die Säcke vom Wagen und schleppten sie, schnaufend und fluchend, den Weg hinauf zur dunklen, schattigen Pforte. Die Luft im Atrium war angenehm kühl, doch erfüllt von feinem Staub und dem Lärm von Hammerschlägen. Zwei Männer waren dabei, den bunt bemalten Putz von den Wänden zu klopfen; mehrere Fresken waren ihnen bereits zum Opfer gefallen, doch an der Stirnwand prunkte noch ein letztes Gemälde in leuchtenden Farben. Während wir den Schweiß von unseren Stirnen wischten und versuchten, vor dem nächsten Gang ein wenig Zeit im Schatten zu verbringen, betrachtete ich das schöne Bildnis, das den Mittag nicht mehr überleben würde.

Mir erschien es als Sinnbild meines eigenen Lebens, das ein einziger Schlag von mächtiger Hand in Trümmer gehauen hatte. Es zeigte einen jungen Mann in römischer Tracht, der seine rechte Hand ins Feuer hielt. Die Hand, von Flammen umzüngelt, würde verbrennen, die Schmerzen mussten unerträglich sein, doch er verzog keine Miene, der Mund war nicht zum Schrei geöffnet. Auch zwang ihn niemand, diese Qualen auf sich zu nehmen, obwohl er von Bewaffneten umringt war. Aus freier Entscheidung opferte er die gute Hand und hielt die Schmerzen aus. Ihm gegenüber stand ein Mann in prächtigem Gewand, ein fremder Fürst oder König, die Augen weit geöffnet vor Entsetzen. Damals war ich noch jung und interessierte mich für Pferderennen oder das Würfelspiel, aber nur wenig für die altehrwürdige Geschichte unseres Volkes. Erst an den Feuern von Cantium, an denen man die Taten der Ahnen in kräftigen Liedern besang, bemerkte ich, wie arm ich an solchen Schätzen war, und vieles habe ich später nachgeholt, als mir das Alter die Reife und die Muße dazu gab. Doch zu jener Zeit wusste ich nichts anzufangen mit dem Dargestellten, und trotzdem fühlte ich, wie es mich sonderbar berührte. Da riss mich eine Stimme aus meiner stummen Betrachtung:

»Nicht wahr, es ist eine Schande, das zu zerstören«, sagte ein Mann mit schütterem Haar und Ziegenbart in die Stille hinein, denn das Hämmern hatte aufgehört. »Doch dem Präfekten gefallen die Helden aus der alten Zeit nicht mehr. Es ist ja auch politisch unklug geworden, dergleichen zur Schau zu stellen. Dem Cincinnatus haben wir gerade den republikanischen Schädel eingeschlagen, und von Agrippa ist nur noch bunter Staub geblieben. Gleich geht es unserem Scaevola hier an den Kragen, und er wird weit mehr verlieren als nur seine rechte Hand.«

Ich muss ein dümmliches Gesicht gemacht haben, denn er rief, die Brauen erhoben, aus: »Ja, weißt du etwa nicht, du Affe, was du da siehst? Den Mucius

Scaevola siehst du, den Retter Roms! Als Lars Porsenna, der Etruskerkönig, die Stadt belagerte und man nicht aus noch ein wusste, da schlich der Tapfere sich in das feindliche Lager, um den Tyrannen zu töten. Doch er irrte sich, und seine Klinge traf nur den königlichen Schreiber und nicht den König selbst. Man nahm ihn gefangen und verhörte ihn; doch Mucius hielt vor aller Augen seine Hand ins Feuer, bis sie verbrannt war, ohne dabei zu zucken. Und er sagte zu dem König: Solche wie mich gibt es zu Hunderten in Rom – du kannst nicht siegen. Davon war der König so beeindruckt, dass er abzog. Dem Mucius schenkte er sogar das Leben, das er freilich mit nur einer Hand bestreiten musste; deshalb nannte man ihn Scaevola, die Linkhand.«

Er lachte bitter.

»So ein Gemälde ist heute fast schon Hochverrat. Hier kommen jetzt ein paar nackte Nymphen mit kleinen, festen Brüsten hin und ein paar hübsche Hirten mit knackigen Hintern; ich freue mich schon auf die Arbeit, denn der Präfekt hat mir dafür die passenden Modelle zugesagt ...«

Er leckte sich die Lippen und hätte mir noch mehr erzählt, der lüsterne alte Satyr, doch da erschien der mürrische Aufseher und trieb uns mit seinem Stock und einigen Flüchen an die Arbeit, hinaus in das grelle Licht.

Du wunderst dich, geneigter Leser, dass ich dies alles so ausführlich schildere, doch tatsächlich bedeutete diese Begegnung einen Wendepunkt in meinem Schicksal. Meine Füße, meine Arme und Schultern folgten noch dem Befehl und gingen an die plumpe Arbeit, doch mein Geist war nun mit anderen Dingen beschäftigt. Das Bild und die Erzählung des Alten ließen mich nicht los. Wann immer ich mit neuer Last auf dem Rücken das Atrium betrat, schaute ich hinüber zu dem letzten Helden aus der alten Zeit, der einsam vor dem mächtigen König stand.

Es mochte Zufall sein oder bloße Einbildung, vielleicht jedoch die Absicht des unbekannten Meisters, das Urbild eines Tyrannen zu gestalten. Jedenfalls schien der etruskische König auf dem Wandbild eine unerhörte Ähnlichkeit mit unserem Caligula zu haben. Auf einmal war mir klar, was ich zu tun hatte. Das Schicksal hatte mich nicht unter sein Rad gestoßen, damit ich zermahlen wurde, sondern um der Stein zu sein, der des Tyrannen Wagen aus der Bahn wirft. Nicht zur Flucht, sondern zum Angriff musste ich mich wenden, und künftig musste Rache meine Losung sein.

Ich fürchte, manch einer wird nun lächeln über den närrischen Secundus, der sich mit einem Mucius Scaevola verglich; und doch war ich kaum weiter vom Erfolg entfernt als dieser. Nur wenig hat gefehlt, und meine Hand, die jetzt so friedlich das Schreibrohr hält, hätte einem Tyrannen den Todesstoß versetzt. Dann freilich säße ich nicht hier, um alles aufzuschreiben; denn nur einer, der bereit ist, sein Leben zu opfern, kann solche Taten vollbringen; dann aber ist er kaum noch aufzuhalten.

Um es kurz zu machen: Ich erfuhr, dass auch der Kaiser Rom verlassen hatte und sich in Gallien aufhielt. So verließ ich Cemenelum und tauschte die Rollen, ich wurde vom Lamm zum Wolf, vom Gejagten zum Jäger. Ich folgte der Spur des Zorns und der Verbitterung, welche die Laune des Tyrannen durch das Land zog. Wohin er kam, empfing ihn gespielter Jubel, doch hinter seinem Rücken fletschte man die Zähne. Wilde Gerüchte machten die Runde von schamlosen Unternehmungen: Caligula, von Geldsorgen geplant, versteigere den kaiserlichen Hausrat und zwinge reiche Bürger, unwahrscheinliche Summen dafür auszugeben. In Trier stand ich vor der prächtigen Basilica, in welcher er als Auktionator auftrat, doch in seine Nähe kam ich nicht. Über Wochen hinweg folgte ich wie ein Schatten dem Tross der Parasiten und Schmeichler, die ihn umschwirrten wie ein Schwarm Fliegen. Wenn Caligula reiste, so war es stets pompös, mit einer Schar von Gladiatoren und Gauklern, Köchen und Kurtisanen, Leibdienern und Lustsklaven.

Ich dagegen lebte noch immer wie ein Bettler und musste vieles erdulden, doch gab es nun ein Ziel, das mir die Kraft dazu gab. In den Nächten lag ich nicht mehr zitternd vor Kälte und bebend vor Angst unter dem eisigen Himmel; nun wärmte mich der Gedanke an Rache, und meine Träume waren süß und grausam. Nur zwei Dinge, so sagte ich mir, seien nötig, um mein

Ziel zu erreichen: eine Waffe und der passende Moment. Das erste besaß ich bereits; es war ein Dolch mit einer kurzen, breiten Klinge, gefährlich und unauffällig zugleich. Ich liebte diese Waffe, diesen Blitz aus kaltem Metall, die so gut und sicher in der Hand lag. In der Einsamkeit der Wälder übte ich mich in ihrem Gebrauch, ich rammte sie tief in morsches Holz und dachte mir, es sei die Brust des Tyrannen. Ich malte mir den Augenblick der Rache aus, den raschen, tödlichen Stoß, das kühne Gefühl des Triumphes, das jähe Entsetzen in Caligulas Blick, den heißen Schwall des aus der Wunde spritzenden Blutes.

Ich dachte darüber nach, mit welchen Worten ich ihn in den Orcus schicken sollte und ob der Hals oder das Herz das bessere Ziel sei. Damals wusste ich noch nicht, wie schwer es ist, einen Menschen zu töten. Ich meine das nicht als Frage der Moral und des Gewissens, sondern die reine, körperliche Tat an sich. Denn es gehört viel dazu, ein Messer in einen lebenden, atmenden Leib zu stoßen, so fest und so tief, dass ein einziger Stich genügt, den Schicksalsfaden zu durchtrennen.

Der Mensch ist ein zerbrechliches Geschöpf, durchaus, doch der Körper klammert sich ans Leben. Ich habe Kranke gesehen, denen das Siechtum den Leib zerfraß und die vor Schmerzen den Tod herbeisehnten und doch nicht sterben konnten, weil der kleine Funke Leben in ihnen einfach nicht verlöschen wollte; ich habe Krieger gesehen, mit klaffenden Wunden, mit zerschmetterten Gliedern, mit eingeschlagenem Schädel, Bündel aus wundem Fleisch und Blut, für die es keine Rettung gab, die trotzdem übers Schlachtfeld krochen wie die Würmer, weil ihre arme Seele nicht glauben konnte, dass sie den Leib verlassen musste. So fest kann das Leben in den Gedärmen sitzen, und dann genügt der Stoß des einen Attentäters nicht. Aber all das wusste ich noch nicht, und so gab ich mich dem Traum von Rache und den Spielereien mit der Klinge hin.

Es war an einem Frühlingstag, als die Parzen meine Gebete endlich erhörten und mir die lang ersehnte Gelegenheit schenkten. Ich befand mich im Gebiet der Treverer, wo ich den Winter verbrachte und neue Kräfte sammelte. Eine schwere Erkältung warf mich für Wochen nieder und brachte mich an den Rand des Todes. Nun war ich genesen, das Wetter war milder geworden, und ich hoffte, bis Sonnenuntergang noch einige Meilen zu schaffen.

Mein Ziel war Portus Itius, das die Kelten Gesoriacum nennen, denn dort, am äußersten Rande des Reiches, befand sich zu jener Zeit der Kaiser. Offensichtlich hatte er sich in den Kopf gesetzt, erneut ein Meer zu überqueren, doch dieses Mal tatsächlich im Feldherrenmantel und nicht im Kostüm. Und wieder einmal genügte ein Wink mit dem Finger, um ein ganzes Land, ein ganzes Weltreich in Bewegung zu versetzen. Von überall her wurden Legionen und Hilfstruppen zusammengezogen, in jedem Ort fanden

Aushebungen statt, und jeder Sack Getreide, jedes Stück Vieh wurde nach Norden geschafft, um dreißigtausend hungrige Mägen zu füllen. Diese Umstände wollte ich nutzen, um in das Lager zu gelangen und – wie auch immer – in die Nähe des Tyrannen.

Es war schon spät am Tage, und die Schatten wurden länger, als ich auf einen Rosshändler traf, der eine Koppel Pferde mit sich führte. Er hatte einen mächtigen Schnurrbart und einen dieser unaussprechlichen gallischen Namen, weshalb er sich lieber Beatus nannte. Offensichtlich verstand er etwas von seinem Geschäft, denn die Tiere, die er mit sich führte, waren alle in bestem Zustand. Doch an diesem Tag hatte er, seinem Namen zum Trotz, gehöriges Pech: Sein erster Reitknecht, ein stattlicher, blonder Kerl, lag rücklings im Graben und wimmerte vor Schmerz. Eines der Pferde, ein ungestümer, herrlicher Rappe, hatte nach hinten ausgetreten und ihn mit einem Huf das rechte Knie zerschmettert. Es sah übel für ihn aus.

Er tat mir leid, jedoch sein Unglück war mein Glück. Die Tiere waren nämlich für die Truppen in Gesoriacum bestimmt, und ich witterte die Möglichkeit, in geschickter Tarnung in das Lager zu gelangen. Was sich daraus ergeben würde, war mir freilich selbst noch schleierhaft; aber die Gelegenheit war allzu günstig, um sie ungenutzt zu lassen. Es kostete mich einige Mühe, den missmutigen Beatus zu überreden, mich in seinen Dienst zu nehmen. Er brauchte aber nicht viel Zeit, um zu bemerken, dass ich weit mehr im Sattel konnte als die meisten Burschen, die sonst noch sein Brot aßen. Und damit sein Gefolge keinen allzu schäbigen Eindruck machte, besorgte er dem Vagabunden, der ich war, eine saubere Tunika, in der ich mich wieder wie ein anständiger Mensch fühlte.

Mit seinen Knechten wurde ich indessen nicht so recht warm; sie redeten wenig, beäugten mich misstrauisch und ließen sich nicht einmal zum Würfelspiel überreden; bei einem Germanen wäre das nie geschehen. Mir war es letztlich gleich, solange sie mir den nötigen Vorwand gaben, an mein Ziel zu gelangen.

Als wir bereits in der Nähe von Gesoriacum waren, nächtigten wir noch einmal unter freiem Himmel. Es war eine schöne, klare Nacht, und zahllose Sterne funkelten am Himmel. Ich hielt Wache bei den Pferden, die mir unruhig schienen, und auch mich erfüllte eine sonderbare Spannung. Ich stieg auf einen der großen Felsen, die aus dem Boden ragten, als hätte ein Riese sie hier wie Saatgut ausgestreut. Als ich nach Nordwesten schaute, wo die Küste liegen musste, bemerkte ich ein gelbes Leuchten über dem Horizont, wie von einer hellen Flamme. Es konnte aber keine Fackel sein, genauso wenig ein Lagerfeuer oder gar der Brand eines Hauses. In meiner Unwissenheit beschloss ich, es als Vorzeichen zu nehmen, und zwar als gutes Omen für meinen Plan.

Am nächsten Tag schon sollte ich erfahren, um was es sich in Wahrheit handelte. Denn um die Mittagsstunde erreichten wir Gesoriacum, das einen befremdlichen Anblick bot. In meiner Zeit beim Cursus publicus war ich oft nach Misenum gekommen, wo die Flotte stationiert ist; insofern war mir das Bild einer Hafenstadt mit großer Garnison nicht fremd; doch dies hier war etwas völlig anderes. Gesoriacum war ein bescheidenes Städtchen am Ende der Welt, in grauer Vorzeit von den Kelten gegründet für den Handel mit ihren Vettern jenseits des Meeres.

Das alte Dorf mit seinen gallischen Hütten zog sich entlang der Küste hin, das Hafenviertel dagegen war noch recht neu und eindeutig römisch geprägt. Es wunderte mich, dass jemand freiwillig so dicht an den Wogen des unberechenbaren Nordmeers wohnte. Die Anhöhen im Hinterland schienen mir weit besser geeignet für eine Ansiedlung, da sie gleichermaßen Schutz gegen die Launen des Wassers boten wie gegen menschliche Feinde.

Hier errichteten die Truppen befestigte Lager, mit Wall und Graben umgeben, und wo das Gelände sich dem bewährten Bauplan widersetzte, den man vom Rhein bis zum Nil, vom Ebro bis zum Euphrat befolgte, da wurde mit Spaten und Hacke nachgeholfen. Näherte man sich auf einer der drei Straßen dem Ort, so musste man den Eindruck bekommen, die kleine Stadt werde von einem übermächtigen Feind belagert, dem sie jedoch erstaunlich lange die Stirn bot. Auf einem der

Hügel, weithin sichtbar von allen Seiten, erhob sich ein schlanker Turm von mehr als zweihundert Fuß Höhe. Wie ich später erfuhr, war dies ein so genannter Leuchtturm, ein Abbild des berühmten Wunders von Pharos. Auf seiner Spitze loderte des Nachts ein Feuer, das den Schiffen als Wegweiser diente.

Dies war das helle Licht gewesen, das ich in der Nacht zuvor gesehen hatte. Der Bau war erst vor kurzem vollendet worden – auf Befehl Caligulas, des Herren über Land und Meer. Der schien tatsächlich große Hoffnungen zu hegen, Britannien zu erobern; dabei hatte seit Caesars Tagen kein Legionär mehr einen Fuß auf diese Insel gesetzt. Doch Gerüchten zufolge hatte Adminius, ein britannischer Prinz, dem Kaiser seine Unterwerfung angeboten.

Das allein genügte schon, um die Eroberung der Insel im Vorfeld zu feiern und Münzen mit der Aufschrift *Britannia capta* prägen zu lassen. Ich erinnere mich noch genau daran, wie ich einen der frischen Sesterzen in Händen hielt. Indessen war das alles Lug und Trug: Denn dieser Adminius war nur ein Aufschneider, der nichts zu übergeben hatte als sich selbst und einen Haufen unzufriedener Rüpel. Sein Vater Cynobellinus war durchaus ein König, aber nur einer unter vielen, und seinerseits ganz und gar nicht gewillt, auch nur eine Krume britannischen Bodens an Rom abzutreten. Es würde mächtigen Ärger geben, wollte man die Adler an die fremde Küste tragen. Und Soldaten haben eine Nase für so etwas, und sie lieben es gar nicht, wenn ihre Feldherrn ihnen das Blaue vom Himmel versprechen, während es doch nach Sturm aussieht.

In jenen Tagen gärte und brodelte es im Heer, doch davon ahnten wir zunächst noch nichts, und auf jeden Nichtsoldaten mussten die versammelten Legionen und Hilfstruppen einen mächtigen Eindruck machen.

Vor den Toren bildete sich im Laufe der Wochen ein kleines Dorf aus Hütten und Zelten, in welchem der Tross aus Krämern, Wirten, Badern, Dirnen und dem Anhang der Soldaten hauste. Dort fanden auch wir eine Unterkunft. Bevor wir die Pferde ins Lager brachten, hieß uns Beatus, sie zu tränken, zu säubern und zu striegeln. Als ob es zur Parade ginge, war seine Losung. Mir war es recht, die anderen murrten – sie wollten lieber in die Taverne. »Erst das Tier, dann der Reiter«, bellte Beatus sie an. »Bewegt euch, bei Epona!«

Wäre er weniger eisern gewesen und hätte den Knechten die Rast gegönnt, es wäre alles anders gekommen. Eine halbe Stunde im Wirtshaus und eine halbe Stunde später am Fluss; ein Becher saurer Wein, ein Humpen trübes Bier, das wäre der Preis gewesen für Freiheit, Glück und Leben. Ja, meine Freunde, so spielt Fortuna mit uns, so wirbelt sie unser Leben durcheinander! Denn wie wir alle, ich in Gedanken, die übrigen murrend, die Pferde den Hügel hinabführten zu einem kleinen Bache, der als Tränke und Schwemme dienen mochte, wo einige Weiber aus dem Dorfe die Wäsche wuschen und auf der Wiese in der Sonne ausbreiteten, geschah das Wunder. Ich ging voran, zwei Pferde am Zügel führend, den schlammigen Abstieg testend. Da stoben aus einem Strauch zu meiner Linken ein Dutzend brauner Vögel auf, zwitschernd und schimpfend wie Spatzen – und eben das waren sie auch. Die Frauen am Ufer hoben kurz die Köpfe, um zu schauen, wandten sich aber dann wieder der Wäsche zu. Nur eine blickte weiterhin in meine Richtung, sah mir entgegen, starrte mich an, und ihre Augen wurden groß und hell. Dann stand sie auf, das nasse Tuch entglitt ihren Händen und fiel in den Schlamm, doch sie beachtete es nicht, sie stand wie angewurzelt da, schlug die Hände vor den Mund und sah auf mich und auf die Sperlinge, die mich umschwirrten.

Valeria!

Am Flug der Sperlinge wirst du den Ehemann erkennen, hatte ihr der Seher einst gesagt. Wie lange war das her? Zwei Jahre, ein ganzes Leben! Trauer, Not und Elend zeigten ihre Spuren in dem lieben Antlitz, aber ihre Schönheit war dadurch auf eine tragische Weise noch erhöht worden. Ihre Kleidung war ärmlich, ihre Wangen blass, die Hände rot und rau, doch als sie mich erblickte, begann das Licht in ihren Augen wieder zu leuchten. Ich selbst war völlig überrascht, und weil ich plötzlich stehenblieb, kam unser ganzer Zug ins Stocken. Die anderen schauten verwundert auf mich und das Mädchen, wie wir einander mit den Augen verschlangen; sie wollten sicher schon spotten, doch spürten sie zugleich, dass sich hier etwas abspielte, das weit über eine gewöhnliche Schäkerei am Wegesrand hinausging.

Valeria war klug und gut wie stets – sie wandte sich ab, um uns nicht zu verraten, doch zeigte ihr letzter, aus dem Augenwinkel mir zugeworfener Blick, dass dies nur aus Vorsicht geschah und nicht aus Groll. Während die Pferde tranken, bandelten die Knechte mit den Mägden an. So konnte auch ich mit Valeria sprechen. Von weitem musste es aussehen, als kokettierten nur ein Waschweib und ein Pferdeknecht, und niemand ahnte, dass es Orpheus war, der seine Eurydike wiederfand.

Du wirst wohl verstehen, geneigter Leser, dass ich nicht den genauen Wortlaut unseres Gespräches wiedergeben werde, auch wenn mir keine Silbe aus dem Gedächtnis entfallen ist. Doch was wären dir die Worte ohne die Stimme, ohne den Tonfall, ohne die Blicke des Mädchens, das so lange gewartet, so viel erduldet hatte, so sehr enttäuscht worden war und dennoch nicht mit mir haderte?

Mein Verschwinden war ihr ein Rätsel geblieben, doch wollte sie nicht glauben, dass ich sie verlassen hatte, dass ich freiwillig gegangen war. Die Auskunft, die man ihr erteilte, als sie hartnäckig nachfragte, war sonderbar und unglaubwürdig: Ein Botenreiter meines Namens existiere nicht und habe auch nie existiert, sie sei wohl einem Lügner und Betrüger aufgesessen. So war sie völlig im Ungewissen geblieben, ob ich noch lebe oder tot sei – oder keins von beiden. Und das dritte traf ja zu. Niemand war ihr auf der Welt geblieben bis auf ihren Bruder, und der war zur Armee gegangen, und sie war ihm gefolgt, als eine der vielen Frauen im langen Tross der Legion, die schweigenden, duldenden Schatten des Heeres, deren Tage mit harter Arbeit, die Nächte manchmal mit Lust, doch öfter mit Sehnsucht und Weinen gefüllt waren.

Ich war überwältigt. Das Schicksal bot mir nun die gleiche wunderbare Frucht wie einst, ein wenig später zwar, dafür aber reifer noch und süßer, und ich musste nur die Hand ausstrecken und sie pflücken. Valeria war bereit zu allem, traurig lag ihr Schicksal hinter ihr, fröhlich dagegen schimmerte die Zukunft durch den Nebel des Augenblicks. Niemand hielt sie fest, nichts stand mehr zwischen uns, auch keine väterliche Sorge, keine Pflichten oder Bedenken – und dennoch schwankte ich und zögerte.

Ein wilder, furchtbarer Moment in einer kalten Nacht am Rhodanus kam mir in den Sinn, als ich, einsam, verloren und verzweifelt, halbverhungert und von Kälte erstarrt, mich an dem Gedanken der Rache wärmte und im Scheine des Feuers die Spitze des Dolches in den nächtlichen Himmel streckte, die Götter als Zeugen meiner Rache anrufend. Was war mit diesem kühnen Wort, mit diesem Schwur, der ganz allein mich hierher führte – und nicht die Liebe zu Valeria? Was war mit meinem Traum, ein zweiter Scaevola zu sein, ein Retter Roms? Man wird es kaum glauben, doch es ist wahr: Da winkte mir das stille, sanfte Glück, die Rettung meiner Seele, und noch immer zögerte ich und stand davor, den gleichen Fehler ein weiteres Mal zu machen. So tief hatte der Hass, der nagende Wurm, sich in mein Herz gefressen, und so mächtig war der Wunsch nach Rache gewuchert. Valeria erkannte es, und sie ergriff meine Hand.

Da rief mich Beatus' Stimme bei meinem neuen Namen, den sie nicht kannte und der zu meinem neuen Leben gehörte, und erschrocken ließ sie mich los. Mein Kopf war voll und leer zugleich, tausend Gedanken schwirrten wie Fliegen darin herum, doch ihr Summen ergab keinen Rat und keinen Plan. In meiner Verwirrung ging ich gehorsam dem Pferdehändler hinterher, und das war gut so – denn mit allem anderen hätte ich Verdacht erregt. Immer wieder wandte ich mich um nach der schlanken, einsamen Gestalt am Ufer des Baches, und je weiter ich ging, desto schwerer erschien mir der Weg. So betrat ich denn mit schwindender Begierde und wachsender Furcht die Höhle des Löwen.

Beim Anblick des gewaltigen Lagers mit seinen Wällen, Türmen und Toren, mit seinen Wächtern, Posten und Parolen schwand mir dann ganz und gar der Mut, und mein heldenhafter Plan, in schlaflosen Nächten geschmiedet, erschien mir mit einem Male kindisch. Hatte ich mir wirklich eingebildet, ich könne heimlich oder in Verkleidung in diese Festung eindringen und den Kaiser inmitten tausender Soldaten überfallen? Hielt er sich denn überhaupt in diesem

Labyrinth aus Zelten, Stallungen und Magazinen, in diesem Dunst von Pferdemist, Kochfeuern und Männerschweiß auf? Oder hatte er sich außerhalb des Lagers, gut bewacht von seiner Garde, irgendwo auf einem luftigen Hügel mit herrlicher Aussicht auf Britannien, eine Residenz errichtet? Wie konnte ich glauben, dass die Tyrannen der Gegenwart so einfältig waren wie die der Vergangenheit? Was war Porsenna, der den Tiber nicht zu überqueren wagte, gegen den Mann, der das Meer zu Land gemacht hatte?

Mit solchen Gedanken durchschritt ich, einen herrlichen Rappen am Zügel, hinter Beatus durch die Porta Decumana. Unser Trupp war beileibe nicht der einzige, der Rüstzeug und Nahrung ins Lager schaffte. In einem Krieg spielt die richtige Menge an Eisen, Korn und Holz oft eine größere Rolle als das Exerzieren, und das taktische Genie des Feldherrn nützt wenig, wenn der Quartiermeister schlecht ist. In Portus Itius aber war er tüchtig, und wie alle, die mit Geld arbeiten, zögernd und bedächtig in seinen Entscheidungen.

So standen wir eine Weile vor dem Quästorium, die Pferde am Zügel, während Beatus die Güte seiner Pferde lobte, um den besten Preis herauszuschlagen. Ich nutzte die Zeit, mich umzusehen und zu lauschen, ob nicht irgendein Hinweis auf den Kaiser zu finden sei: ein purpurnes Zelt, ein Lorbeerkranz an einem Posten, eine Ehrengarde, ein Signal – doch nichts dergleichen konnte ich entdecken. Indessen hatte mein Rappe, das schönste Tier der Koppel, die

Aufmerksamkeit eines Tribunen erregt. Schon streckte dieser seine Hand nach dem Halfter aus, doch mein schwarzer Heißsporn schnaubte und bäumte sich auf, dass der Offizier mit einem Fluchen zurückwich.

»Das Vieh ist ja besessen«, brummte er verärgert.

Beatus, in Sorge um den Handel und in seiner Ehre gekränkt, versicherte, es sei ein gutes Tier, und gab mir den Befehl, den Rappen vorzuführen. Mir gefiel das gar nicht, denn ich wollte unauffällig wie ein Schatten bleiben. Doch half es nichts, ich war mit meinem Pferd bereits umringt von einer Schar neugieriger Offiziere. So schwang ich mich denn in den Sattel, den Zufall und das Missgeschick verfluchend. Erst machte ich eine Runde im Schritt und ließ den Rappen dann gemächlich antraben, auf einen Zuruf von Beatus hin beschleunigte ich aber und preschte einmal die Via Principalis entlang bis kurz vors Tor, in der Absicht, auf dem Rückweg die volle Kraft und Schnelligkeit des Pferdes zu entfalten. Plötzlich gab es einen Tumult, ein Wächter sprang vor und packte den Rappen, der bäumte sich auf, ich stürzte zu Boden, und es wurde dunkel.

Als ich wieder zu mir kam und aufsah, erblickte ich über mir einige Reiter, die soeben durch das Tor gekommen waren. Der Mann an der Spitze saß auf einem mit Gold geschmückten Schimmel, ein purpurner Mantel hing ihm von den Schultern bis weit über die Flanken des Tieres hinab. Er trug einen prächtigen Helm, von einem roten Rosshaarschweif gekrönt. Auch ohne die Zeichen seines Ranges hätte ich ihn sogleich erkannt, denn dieses Gesicht, der Ausdruck seiner Augen, hatte sich mir eingeprägt in jener Nacht am Strand von Baiae, als ein einziger Satz mein Leben beendete. Das waren die gleichen, tief in ihren Höhlen liegenden Augen, gerötet wie bei einem, den der Schlaf beständig meidet, glühend und trotzdem kalt. Mit diesen Augen musterte er mich, den kleinen Wurm, das Nichts, das vor ihm im Staube lag und ihm den Weg versperrte, ihm, dem Kaiser von Rom. Dem Herrn über Land und Meer.

Ich war so erschrocken und benommen, dass ich alle Vorsicht und Demut vergaß und ihm ins Auge blickte. Mich durchzuckte der Gedanke:

Da ist sie, die Gelegenheit!

Und wahrlich, ich war, durch einen dummen Zufall, dem Tyrannen so nahe wie noch nie – und gleichzeitig so fern, als ob uns Meere trennten. Denn es war heller Tag, ich lag am Boden, ohne Waffen, und er war dicht umgeben von Gardisten, die ihre Schwerter schon gezogen hatten. Da lenkte einer von ihnen sein Pferd neben den Kaiser, um mich zu mustern, und ich erkannte ihn gleich. Denn rötlich leuchtete auf seiner Wange das Muttermal, das sein Gesicht so unverkennbar machte. Der Trecenarius, der mich in Baiae ausgewählt hatte, der meinen Namen kannte und auch mein Gesicht. Ich sah es in seinen Augen, dass er mich ebenfalls erkannte.

In diesem Moment fragte der Kaiser: »Wer ist das?«

»Ein Pferdeknecht, nichts weiter, Herr«, erwiderte der Quartiermeister, der rasch herbeigeeilt war. Ich konnte ihn nicht sehen, ich erkannte ihn nur an der Stimme. Gewiss war auch der gute Beatus nicht weit und schwitzte Blut und Wasser, wobei seine Sorge mehr dem Rappen und seiner eigenen Haut als der meinen galt. Der Kaiser indessen wirkte nicht zornig, eher verwirrt. Er musterte mich abermals mit halb geschlossenen Augen.

»Woher kenne ich dich?«, fragte er und umfasste sein Kinn, als krame er in seinen Erinnerungen. Ich senkte den Kopf und hob die Schultern. Jetzt war es aus mit mir. Es würde ihm sicher einfallen – und wenn nicht: Ein Wort des Trecenarius genügte, um mich ans Messer zu liefern. Und dieses Mal würde auch Mithras mich nicht retten. Dennoch entsandte ich genau an ihn ein stilles Stoßgebet.

»Er sieht Mnesteus ziemlich ähnlich, Herr«, bemerkte in diesem Moment der Trecenarius.

Der Kaiser zog die Stirn in Falten, dann nickte er.

»Das wird es sein. – Übrigens, ein schönes Pferd. Ich kaufe es. Sempronius, es soll dir gehören – du hast doch bald Geburtstag.«

Und auf einen Wink warf einer seiner Begleiter Beatus einen Beutel zu, den dieser auffing und unter zahlreichen Verbeugungen einsteckte.

»Ich bin heute ganz gut gelaunt«, verkündete der Kaiser, »das macht die Seeluft. Kommt, wir wollen ein paar frische Austern speisen – das einzig Gute in dieser

Gegend.« Sprach's und ritt mit seiner Eskorte an mir vorbei.

Ich konnte es kaum glauben, dass ich nicht nur lebte, sondern wirklich heil davon gekommen war.

Es schien mir wie ein Wunder, gesandt von jenem geheimnisvollen Gott, von dem ich kaum mehr wusste als den Namen. Doch später wurde mir alles klar. Ich hatte den Blick des Trecenarius gesehen: Es lagen Spott und Verachtung darin, doch nicht für mich, den von den Toten Auferstandenen, den trotzigen, den ungehorsamen Kurier, der es gewagt hatte, dem Kaiser nochmals unter die Augen zu treten und der im Staube vor ihm lag – nicht für mich empfand er Spott und Verachtung, sondern für den Kaiser selbst, für den Tyrannen, für das Scheusal, den Mörder, den Komödianten im Purpurmantel, den Schnösel, den Laffen, den Fant, den Weichling, den Verschwender, den Prasser, den Schandfleck auf der römischen Ehre. Da wusste ich, dass ich Caligula seinem Schicksal und den Parzen überlassen konnte – seine Tage waren gezählt!

So beschloss ich, meine Rache aufzugeben und ein glückliches Leben dem ruhmvollen Tode vorzuziehen. Kaum war ich aus der Höhle des Löwen entronnen, traf ich Vorbereitungen zu meiner und Valerias Flucht. Das Wetter war günstig und die britannische Küste nicht fern. Ich schlachtete ein Huhn – ein besseres Opfer hatten wir nicht – zu Ehren des Neptun; mit dem Blut jedoch schrieb ich im Schutze der Nacht auf die weiße Wand des Pharos-Turms:

»Dich, Gaius, weihe ich den Göttern der Unterwelt.«

Ich erfuhr nie, ob der Kaiser diesen Fluch zu sehen bekam oder auch nur davon hörte. Sicher wäre es Eitelkeit und Einbildung, wollte man einen Zusammenhang zwischen meiner bescheidenen Tat und den folgenden Ereignissen herstellen. Ich will nur kurz berichten, was hernach geschah. Der Feldzug, der so mühevoll und aufwendig geplant war, fand nicht statt. Nur einmal fuhr der Kaiser mit seinem Flaggschiff eine knappe Meile hinaus aufs Meer, ohne dass die übrige Flotte folgte. Dann ließ er kehrt machen.

Die einen sagen, er habe es mit der Angst zu tun bekommen, die anderen meinen, die Truppen hätten ihm nicht folgen wollen. Wieder an Land gab er den Befehl, Muscheln zu sammeln. Da legten Zehntausende die Waffen nieder, machten die Rücken krumm und wühlten mit den Fingern im feuchten Sand, Meilen und Meilen am Strand entlang. Ich sah es selbst mit eigenen Augen, wie die mächtigste Armee der Welt sich beugte, als ein zorniger Jüngling es befahl, und nur weil er der Sohn des geliebten Germanicus und der Urenkel des großen Augustus war. Doch ich hatte den Blick des Trecenarius gesehen und wusste, Caligulas Tage waren gezählt. Tatsächlich starb er ein Jahr später durch die Schwerter der Prätorianer.

Ich aber floh mit Valeria übers Meer, und irgendein Gott war mit uns. Wann immer die Wellen unser Boot in die Höhe hoben, sahen wir ferne das Licht des Leuchtturms, doch wir hielten nicht darauf zu, wir ließen es hinter uns. In Cantium fanden wir Zuflucht, und dank meiner Reitkunst gewann ich die Achtung der Barbaren, die auf Streitwagen in den Krieg zogen und Pferde sehr liebten. Auch Valerias heilende Hände taten viel Gutes an Mensch und Tier. Dennoch vergaß ich nie, dass ich Römer war, und als einige Jahre später der Kaiser Claudius die Insel eroberte, ging ich zu meinen Landsleuten über und leistete ihnen als Kundschafter wertvolle Dienste. Der Lohn war gut, und auf die Jahre des Mangels folgten solche des Wohlstands und der Muße.

Ein Gardereiter bin ich freilich nie geworden, und zweimal noch vernichtete ein böses Schicksal unser Heim. Niemals aber war ich elend, denn immer stand Valeria an meiner Seite. Drei Kinder gebar sie mir, zwei Söhne und eine Tochter; diese erhielt die hellen Augen ihrer Mutter, und als sie zwölf wurde, schenkte ich ihr einen Sperling.

Kai Rohlinger

Das Geistermahl

In kurzen, heftigen Böen fegt der Westwind über das Land am Rhein; er reißt die welk gewordenen Blätter von den Bäumen und wirbelt sie in wilden Tänzen über die Straße. Mit einem schrillen Pfeifen, als ärgere ihn das Hindernis von Menschenhand, jagt er um die Türme des Kastells und rüttelt an den mit Moos bewachsenen Ziegeln.

Die Posten an der Porta Decumana fluchen leise, ziehen ihre Mäntel enger um die Schultern und zählen im Geist die Stunden bis zur Wachablösung. Aber diese wird zu spät kommen, das sehen sie alle, denn vorher wird sich der Wind längst in Sturm verwandelt haben, wird Regen bringen und Donner und Blitz, den ganzen Zorn des ungerechten Himmels. Wie verlockend erscheint auf einmal die dumpfe Wärme der engen Stube, in der sich nachts ein halbes Dutzend Männer drängt!

Aber es hilft nichts, ein Lager hat vier Tore, und an jedem dieser Tore müssen Posten stehen, den Speer in der Rechten, den Schild in der Linken, die Augen wachsam in die Ferne gerichtet. Und in dieser Ferne, auf der Kuppe des hintersten Hügels, erscheint nun plötzlich ein dunkler, hüpfender Punkt, wird Kopf, wird Körper, wird Mensch und Pferd. Getrieben vom Wind und der Hoffnung, das Lager doch noch trocken zu erreichen, jagt ein Reiter heran, kommt näher und näher - und erst im letzten Moment, als schon die Wachen unruhig werden, reißt er scharf an den Zügeln und bringt mit Mühe sein Tier zum Stehen.

Die Soldaten runzeln die Stirn. Das ist kein offizieller Bote, kein Kurier des Kaisers, kein berittener Späher.

»Wer bist du?«, fragen sie also, halb aus Pflicht und halb aus Neugier; vergessen ist für einen Augenblick das böse Wetter, das mit dunklen Wolken unaufhaltsam näher zieht.

Der Fremde gibt keuchend Antwort, doch ein Windstoß trägt seine Worte davon; er muss es zweimal sagen, bis die Wächter ihn verstehen. Schließlich nicken sie und lassen ihn ein. Man bringt ihn zum Praetorium und meldet seine Ankunft dem Legaten. Da steht er nun nach all der Eile, müde, staubbedeckt und durstig; allzu lange muss er warten, bis er endlich vorgelassen wird.

Der Raum ist schlicht und ohne jeden Luxus. Auf dem Tisch brennen zwei Lampen, ein Kohlebecken spendet ein wenig Wärme. In der Nische dahinter steht eine Büste des Kaisers, halb verborgen in den Schatten. Der Bote tritt in die Mitte des Zimmers und grüßt. Obwohl er kein Soldat ist, nimmt er Haltung an; vor diesem Feldherrn scheint jeder ein Soldat zu sein.

Der Legat erhebt sich. Ein Riese ist er nicht, doch seine Schultern sind breit und kräftig, das lässt ihn größer wirken, als er eigentlich ist. Die Haare sind kurz geschnitten und schmiegen sich glatt an den Kopf wie ein Helm, und seine Hände halten wohl lieber ein Schwert als den Griffel. Über der Nasenwurzel haben sich zwei Furchen eingegraben, doch nicht vom Grübeln wie bei einem Philosophen, sondern vom beständigen Planen. Er scheint nicht lange nach dem »ob« zu fragen, sondern sich lieber gleich mit dem »wann und wie« zu befassen. Es ist ein Gesicht, denkt sich der Bote, das man auf Münzen prägen könnte – und sogleich erschreckt ihn der Gedanke.

Noch immer steht er stramm.

Der Legat mustert ihn gründlich.

»Ich kenne dich«, sagt er schließlich.

Der Bote hebt die Brauen.

»Das würde mich wundern, Herr. Wir sind uns nur einmal begegnet, und das ist lange her.«

»Ich weiß es trotzdem noch. Es war in Rom, im Hause des Nerva.«

»Dessen Diener ich bin.«

»So bringst du mir Nachricht von ihm?«

Der Bote schaut sich um, als fürchte er, belauscht zu werden. Dann öffnet er die Tasche und holt eine Kapsel aus Leder hervor. Der Legat nimmt sie entgegen, ohne sie jedoch zu öffnen.

»Wie geht es meinem Freund?«

»Lies seinen Brief, Legat, dann wirst du es erfahren.«

»Ich habe dich gefragt!«

»Verzeih mir, dass ich es nicht wage, die Worte meines Herrn vorwegzunehmen.«

»So geht es ihm also schlecht?«

»Ich bitte dich, öffne den Brief und lies. So lautet mein Auftrag: ihn allein in deine Hände zu legen.«

»Nun gut. Dein Ritt war weit und mühsam. Lass dir zu essen geben und ein Bett.«

Dann ist der Bote entlassen; erleichtert folgt er seiner Nase zu den Töpfen der Soldaten, aus denen es nach Knoblauch, Speck und Zwiebeln duftet. Der Legat blickt ihm vom Fenster aus nach, bis er um eine Ecke biegt und nicht mehr zu sehen ist.

Inzwischen ist es düster geworden. Die schwarzen Wolken haben die Sonne verschlungen, kein Lichtstrahl dringt mehr hindurch. Schon fallen die ersten Tropfen.

Der Legat wendet sich ab. Er geht zum Tisch, nimmt Platz und rückt die Lampen zurecht. Dann öffnet er den Brief und liest die Nachricht aus dem fernen Rom:

Lucius Cocceius Nerva
an Marcus Ulpius Traianus,
Legat von Obergermanien

Wenn Du wohlauf bist, ist es gut; ich bin noch am Leben.

Du wunderst Dich gewiss, dass ich die uralte Formel, die wir so oft schon an den Anfang eines Briefes gestellt haben, auf so merkwürdige Weise verändere. Und sicher kannst Du Dir auch denken, dass es nichts zu tun hat mit der törichten Mode, die Gefallen an möglichst geistreichen und verblüffenden Wendungen findet.

Doch eben, als ich die gewohnte Floskel bereits niedergeschrieben hatte, hielt ich inne und starrte auf den Papyrus: Ich bin gesund, stand da wie üblich. Aber bin ich denn das? Gewiss, ich habe wenig Grund, über meinen Körper zu klagen. Der Zahnschmerz, der mich hin und wieder überfällt, ist noch erträglich; nur manchmal, wenn das Wetter umschlägt, peinigt mich das Rheuma. Ansonsten aber hat das Alter mit seiner fleckigen Hand noch nicht an meine Tür geklopft, und viele, die mit mir geboren wurden, sind nicht so gut in Schuss wie ich.

Dennoch – seit wenigen Tagen kann ich nicht mehr behaupten, es ginge mir gut. Denn es gibt ein Leiden, das nicht den Magen oder das Herz, die Galle oder die Leber befällt, sondern tiefer in uns eindringt; im Innersten setzt es sich fest, in jenem sonderbaren Organ, das manche Philosophen *unsere Seele* nennen. Da nistet er sich ein, da bohrt er unablässig, der grässliche Wurm, da hört er nicht auf zu nagen und sich zu mästen. Zuerst fällt ihm das Glück des Augenblicks zum Opfer, dann die Zukunft mit ihren Hoffnungen und Träumen; zuletzt aber dringt er vor in die Vergangenheit und vernichtet auch die friedlichsten Erinnerungen.

Du weißt, von welchem Ungeheuer ich spreche, mein Freund, wir haben dieses Bild ja einst gemeinsam in nächtlicher Runde entworfen, als wir uns an den Gedanken Epikurs und manchen Kelchen mit köstlichem Falernerwein berauschten. Doch vielleicht ist Dein rastloser Geist auch zu sehr mit anderen Dingen beschäftigt, um das Andenken an unsere friedlichen Tage zu bewahren; in diesem Falle lass Dir ins Gedächtnis rufen, was ich meine: Ich spreche von der Angst, und zwar von einer Angst, die nie vergeht, im Wachen nicht und nicht im Schlafen, die neben dem Bett sitzt und am Tisch, die wie ein Schatten hinter einem hergeht, so dass man ihren Atem zu fühlen meint. Das ist die Krankheit, die mich befallen hat und gegen die kein Kraut gewachsen ist. Ich kann daher nicht schreiben, ich sei gesund, und so musste ich den Brief an Dich zerreißen und von Neuem beginnen.

Vor ein paar Wochen habe ich Dich noch dafür bedauert, dass du so weit von Rom und Italien entfernt bist. Die blühenden Gärten Kampaniens hast du getauscht gegen die nebligen Wälder und Sümpfe Germaniens, die Freuden der Großstadt gegen die Langeweile der Provinz, und statt der leichten Toga hüllt dich der grobe Soldatenmantel ein. Und dennoch lebst du besser als wir alle, die wir in Rom geblieben sind. Inmitten unserer marmornen Pracht sind wir einem Schrecken ausgesetzt, der gegen die Natur ist und allem Göttlichen spottet. Auch dafür haben wir ein Wort, doch weil es unserer römischen Freiheitsliebe so ganz und gar fremd ist, mussten wir es von den Griechen borgen wie einen lästigen Kredit. Ich spreche von der Tyrannei.

Ja, mein Freund, ich sehe Dich erbeben vor dem Wort, das diesem leichten Stück Papyrus ein schreckliches Gewicht verleiht. Auch kann es diesen Brief, wenn er in falsche Hände fällt, in eine tödliche Klinge verwandeln. Das ist im Übrigen der Grund, warum ich ihn, gebeugt an meinem Tische sitzend, mit eigener Hand verfasse und nicht, gelassen im Tablinum auf und ab schreitend, meinem klugen Sekretär diktiere.

Darum bitte ich Dich, um meinet- wie um Deinetwillen: Verbrenne ihn, wenn Du ihn ganz gelesen hast, und sage keinem Menschen ein Wort. Auch nicht Plotina, mit der Du, wie ich weiß, sonst alles zu besprechen pflegst. Denn groß ist die Versuchung für die Frauen, etwas, das sie unter dem Siegel der Verschwiegenheit erfahren haben, weiterzugeben, und nicht selten hat ein falsches Wort aus Weibermund den besten Plan zunichte gemacht.

Was aber ist so schlimm, so schrecklich, dass es solcher Vorrede bedarf? Dem Tod habe ich ins Auge gesehen, dem unbestechlichen, eisernen Tanathos – doch nicht wie ihn der Seemann in den aufgepeitschten Wogen des stürmischen Meeres erblickt, wenn der Boreas das Schiff wie ein Spielzeug hin und her wirft. Nein, unmittelbar vor meinen Augen hat sich der schwarze Orcus aufgetan und mir gezeigt, was auf uns alle wartet, wenn Merkur uns hinab geleitet in das schweigende Reich der Schatten.

Du siehst, ich bin noch immer ganz erschüttert, und alle meine Ruhe ist dahin. Es wundert mich, dass meine Hand nicht zittert, dass die Schrift noch immer klar und lesbar ist. Doch nun genug der Vorrede.

Vernimm, was sich ereignet hat.

Der Krieg gegen die Daker war eben zu Ende gegangen, der Kaiser wieder in Rom, und alles fieberte seinem Triumph entgegen. So verschwenderisch war schon seit Jahren kein Spektakel mehr: Sportliche Wettkämpfe, eine Seeschlacht in der neuen Naumachie und natürlich das übliche Gemetzel an Mensch und Tier. In der Arena floss das Blut in Strömen, und vom Himmel fiel in Strömen der Regen, als wäre Jupiter mit dem Geschehen hier auf Erden alles andere als einverstanden. Blitze zuckten und Donner grollte, immer heftiger wurde das Unwetter, Sturm kam auf, ein eisiger Wind peitschte über die Ränge, doch der Kaiser ließ die Spiele nicht abbrechen.

Er selbst saß eingehüllt in warme Decken unter dem purpurnen Baldachin der Loge, während das Volk in wenigen Augenblicken bis auf die Haut durchnässt war. Die Ersten waren bereits aufgesprungen und drängten zu den Ausgängen, doch Domitian ließ die Tore verriegeln, damit keiner nach Hause konnte. Alle sollten die Spiele zu Ende sehen, für die er sicher den Großteil seiner Siegesbeute ausgeben musste. Viele Menschen holten sich buchstäblich den Tod in Wind und Kälte, und die Stimmung im Volk war schlecht. Da bekamen wir schon einen Vorgeschmack darauf, dass sich die Zeiten geändert hatten. Aber das war alles nichts gegen das, was bald noch kommen sollte.

Wir Senatoren sind ja längst gewohnt zu schweigen und die Launen der Erhabenen ohne Murren zu ertragen. Das einfache Volk aber hat eine gesunde Wut im Leibe, die auf diese oder jene Weise heraus muss. An den Wänden des Flavischen Theaters und an ein paar anderen Orten fanden sich bald freche Schmierereien, deren Urheber nicht aufzufinden waren. Eine davon, die eines gewissen Witzes nicht entbehrte, ist mir in Erinnerung geblieben:

Nicht das ganze Silber Dakiens
Wollten wir, o Domitianus!
Schon mit ein paar warmen Decken
Hättest du uns reich beschenkt!

So stand es dort, und wenn auch die Wand bald frisch getüncht wurde, so haben es doch etliche gelesen.

Um sich beim Pöbel wieder beliebt zu machen, gab der Kaiser auf Staatskosten Getreide und andere Nahrungsmittel aus. Die angesehensten Vertreter des Senats jedoch – und zu diesen darf ich mich seit etlichen Jahren zählen – lud er ein zu einem Festbankett. Das war keineswegs ungewöhnlich – ungewöhnlich war nur die Stunde, zu der es stattfinden sollte: zur zweiten Vigilie nämlich, also deutlich nach Sonnenuntergang, wenn jeder vernünftige Mensch schon längst gespeist hat und sich zur Ruhe legen will.

Ich besprach mich am Tage zuvor noch mit Veranius und einigen anderen, die ebenfalls eingeladen waren. Wir wollten uns, da unsere Häuser nicht weit voneinander liegen, vor dem Wirtshaus des Bibulus treffen, um dann gemeinsam zum Palatin hinaufzusteigen.

Die Straßen sind in den letzten Jahren zwar sicherer geworden, aber bei Dunkelheit sind ein paar kräftige Burschen, die nicht nur Fackeln bei sich tragen, sondern auch Knüppel, durchaus empfehlenswert. Im Grunde waren wir ohne Argwohn und freuten uns auf das Fest, denn der Kaiser schien in letzter Zeit guter Laune zu sein. Ich weiß noch, dass Flavius Clemens meinte, er werde den ganzen Tag nichts essen, um genügend Platz für all die Köstlichkeiten zu haben, und er zählte schon die Speisen auf, die ihm am liebsten wären.

Veranius widersprach: Er wolle lieber einen Happen zu sich nehmen, denn man könne nie wissen, was einen beim Bankett eines Erhabenen erwarte. Er dachte wohl noch immer an die Feste Neros, bei denen man sich sein Essen erst verdienen musste, indem man die endlosen Lieder des großen Künstlers über sich ergehen ließ. Und wehe dem, der nicht aufmerksam zuhörte und etwas Geistreiches zu kommentieren hatte!

Und tatsächlich – er sollte Recht behalten, der kluge Veranius, und dennoch bitter Unrecht haben! Was war denn Neros Überheblichkeit, ja selbst sein Zorn, gegen die kühle Grausamkeit und Bosheit Domitians! Wie kann dieses Scheusal dem gleichen Mutterschoß entsprungen sein wie der gütige Titus, der Liebling der Menschheit? Wie kann die Erziehung ein und desselben Vaters zwei derart verschiedene Geister geformt haben?

Als wir den Palast betraten, fanden diejenigen, die nicht zum ersten Mal dort waren, alles anders vor als sonst. Das Atrium war still, die Korridore dunkel und leer. Nichts war zu bemerken von der regen Geschäftigkeit, die sonst bei einem Festmahl herrscht. Ein einzelner Diener nur empfing uns, gehüllt in einen schwarzen Mantel und in tiefes Schweigen. Allein mit einer leichten Neigung des Kopfes begrüßte er uns, was schon höchst eigentümlich war. Und nur mit Gesten wies er uns an, ihm zu folgen. Unsere eigenen Sklaven freilich mussten wir zurücklassen. Wir hielten dies zunächst für eine sonderbare Grille des Erhabenen, denn Veranius erkannte in dem Diener Lysippos, den berühmten Pantomimen. Und so fügten wir uns, denn diskutieren konnte man mit diesem Wächter ohnehin nicht.

Beim trüben Lichtschein einer kleinen Lampe schritten wir hinter ihm her ins Innere des Hauses. Vor uns tat sich eine Tür auf, doch dahinter lag kein Saal, mein Freund, es war vielmehr ... Natürlich muss es ein Saal gewesen sein, doch im ersten Moment, und im zweiten noch immer, glaubte ich, in eine Höhle, nein, in den Orcus selbst geraten zu sein. Alle Wände waren schwarz, die Decke und der Boden auch, so dass man nicht recht wusste, wie groß und weit die Halle sich erstreckte, ja nicht einmal, wo oben oder unten war. Keine Bilder schmückten die Wände, kein Mosaik den Boden, keine Vasen oder Kränze die Nischen.

Nichts Angenehmes, nichts Erfreuliches war da, kein Hauch von Leben, nur die kahle, kalte Schwärze. Zunächst schien uns der Raum ganz leer zu sein, doch dann bemerkten wir, dass darin Liegen standen, der

Zahl der Gäste entsprechend; auch sie waren schwarz wie die Wände, schwarz wie der Boden, schwarz wie die Decke und deshalb auf den ersten Blick nicht zu erkennen. Sie waren nur mit schwarzem Tuch bedeckt, kein Kissen oder Polster lag darauf für die Bequemlichkeit.

Dann sahen wir den Kaiser.

Er war gleichfalls in die Farbe der Nacht und des Todes gehüllt und hatte bis soeben eine dunkle Maske getragen, wodurch er mit dem Hintergrund verschmolz. Als er sie jedoch herunternahm, kam sein Gesicht zum Vorschein. Er war blass und lächelte uns an, wie das ein Gastgeber wohl tut; doch fehlte jede Wärme und Freundlichkeit in seiner Miene. Mit einer Handbewegung hieß er uns Platz zu nehmen. Wir alle legten uns nieder, langsam und beklommen. Zu meiner Linken streckte sich Flavius Clemens aus, zu meiner Rechten der tapfere Acilius Glabrio. Doch selbst aus seinen Wangen war alles Blut gewichen.

Nun wurden, auf den Wink des Kaisers, sonderbare Dinge hereingetragen. Es waren Stelen, wie man sie auf Gräber setzt, nur etwas kleiner, so dass die Diener sie gerade halten konnten. Bei jedem von uns wurde eine solche Tafel aufgestellt, als sei sie ihm zugehörig. Kleine Lampen, wie sie in Grabgewölben hängen, spendeten ein trübes Licht. In ihrem schwachen Schein versuchten wir, die Inschrift auf den Stelen zu lesen, und zu unserem Schrecken stellten wir fest, dass unsere eigenen Namen dort eingeschrieben waren.

Doch während wir noch darauf starrten, öffneten sich bereits geheime Türen, und eine Reihe schöner, nackter Knaben trat herein. Sie waren schwarz bemalt, vom Scheitel bis zu Sohle, und nur das Weiße ihrer Augen leuchtete daraus hervor. Wie Geister aus dem Totenreich umkreisten sie uns, in einem schaurigen, noch nie gesehenen Reigen; dann stellten sie sich am Fußende der Liegen auf, einer für jeden Gast.

Bei einem gewöhnlichen Festmahl wären jetzt die Speisen aufgetragen worden; und wirklich brachten die Diener Teller, Krüge und Schalen, doch nichts davon war golden oder silbern oder von rötlichem Ton - nein, alles war in Schwarz gehalten, als wäre jede andere Farbe aus der Welt gewichen. Noch war nichts geschehen, was uns wirklich bedrohte, doch war nun keiner mehr im Raum, der noch Hoffnung hegte, lebend wieder heimzukehren. Wir rechneten damit, dass schon der nächste Wink, das nächste Händeklatschen des Erhabenen die Henker oder Meuchler rufen würde – oder noch Schlimmeres.

Keiner von uns wagte es, die Stimme zu erheben, und wenn der eine oder andere zunächst noch leise geflüstert hatte, so herrschte nun bei der gesamten Schar der Gäste tiefstes Schweigen. Dennoch war es keineswegs totenstill, denn der Kaiser selbst sprach immerzu. Es waren aber keine Drohungen, die er ausstieß, keine Vorwürfe und keine Urteile; ganz unbekümmert, als plaudere er über das Wetter, begann er zu reden und aus Liedern oder Büchern zu zitieren, bloß dass alles, was er sagte, mit dem Tod zu tun hatte.

»Nur Gutes soll euch heute zuteil werden, liebe Gäste«, meinte er in scheinbar freundlichem Ton; doch dann setzte er mit feierlicher Miene hinzu: »Denn über Tote nur Gutes, heißt das alte Sprichwort.«

Während wir noch überlegten, was das zu bedeuten habe, fuhr er fort, indem er den Horaz zitierte:

»Was morgen sein wird, meide es zu fragen,
Und rechne als Gewinn zu deinen Tagen
Jeden neuen, den das Schicksal schenkt.«

Wir saßen starr und schwiegen. Sollten diese Verse uns nun Hoffnung machen oder jede Hoffnung rauben? Was bezweckte der Erhabene damit? Wenn er uns töten wollte, konnte er es tun – wir waren doch in seiner Hand. Ein Wink nur mit dem kleinen Finger, und unser Lebensfaden sei durchtrennt. Wozu nur das Theater? Wozu die Drohung, wozu der Schrecken? Ich versuchte, einerseits den Worten des Kaisers zu lauschen, damit ich nicht etwa durch meine Unaufmerksamkeit in Ungnade fiel; andererseits bemühte ich mich, die Lage so kühl und sachlich wie nur möglich zu betrachten: Man droht nur einem, den man lenken will. Und wen man lenken will, den lässt man leben, so sagte ich mir. Und an diese Hoffnung klammerte ich mich. Und als hätte der Kaiser meine Gedanken gehört oder erraten, sagte er nun:

»Solange wir atmen, ist noch Hoffnung.«

Mit einem Mal kam es mir stickig vor, obwohl der Saal recht groß erschien. Alle Fenster waren ja verhängt, das Schwarz der Wände war undurchdringlich. Ach, so muss es im Tartarus sein, im Reiche des Dis, wohin wir alle einmal gehen müssen, wenn unser Genius die Fackel löscht!

Indessen sprach der Kaiser weiter.

Nun zitierte er Catull:

»Die Sonne sinkt und wird doch wiederkehren –
Nur unser kurzes Licht, das kehrt nicht wieder:
Bald senkt die Nacht sich unerbittlich nieder.«

Bei diesen Worten löschte er mit einem raschen Atemstoß das Lämpchen des alten Mettius aus. O der Bedauernswerte! Er röchelte und griff sich an die Kehle, als sei mit der Flamme tatsächlich sein eigenes Lebenslicht erloschen. Nun kam zum ersten Mal Bewegung in unsere Runde. Caecilius Rufinus, der neben ihm lag, packte ihn beim Arm und fächelte ihm Luft zu. Für einen Augenblick schien es, als habe der Schrecken sein erstes Opfer gefunden. Aber nach einer Weile kam der Alte wieder zu sich.

Der Kaiser hatte lächelnd so lange gewartet, dann wandte er sich wieder an die Runde: »Gut zu sterben heißt gerne zu sterben«, sagte er. »Ja ja, der brave alte Seneca. Er hatte Asthma, wusstet ihr das? Er konnte sich nie sicher sein, welcher Atemzug sein letzter sei, und das hat ihn so weise gemacht. Auch Solon gilt als weise, und dieser sagte: Keiner ist vor seinem Tode glücklich zu nennen. Möchtet ihr glücklich sein, meine Freunde?«

Da wagte keiner sich zu regen. Was sollten wir auch darauf erwidern? Ein Ja bedeutete vielleicht den Tod – und ein Nein? Wer konnte sich schon wünschen, ins Unglück gestoßen zu werden!

Der Kaiser legte den Kopf zur Seite und tat, als lausche er der Antwort, die nicht kam. Dann hob er in gespieltem Erstaunen seine Augenbrauen und sagte mit dem tiefsten Bedauern in der Stimme:

»Doch weh, ich sehe, eure Kelche sind ja leer.«

Mit diesen Worten griff er nach einem Krug, ging lässig umher von Tisch zu Tisch und schenkte eigenhändig Wein in unsere Kelche. Dabei erzählte er mit der größten Unbefangenheit von Sokrates:

»Ihr wisst ja, liebe Freunde, als der große Sokrates verurteilt war, da brachte ihm der Henker ein Gefäß, den Schierlingsbecher. Den musst du trinken, sagte er zu ihm, dann läufst du hin und her, bis deine Beine schwer sind. Dann legst du dich aufs Bett und stirbst. Und Sokrates hat nicht gezögert, er hat den Kelch an seinen Mund gesetzt und ihn geleert. Ein Hoch auf Sokrates, den weisen, tapferen Mann!«

Und damit hob der Kaiser seinen eigenen Kelch und trank. Du kannst Dir denken, wie uns da zumute war. Zwar hatten wir alle gesehen, dass er sein eigenes Gefäß aus derselben Quelle füllte wie unsere, doch wäre es ihm ein Leichtes gewesen, vorher noch ein starkes Antidot hineinzugeben, das ihn vor dem Gift bewahrte, welches er uns vielleicht zu trinken gab. Die meisten rührten sich nicht vor Angst, manche hoben zumindest die Kelche, doch zitterten ihre Hände so sehr, dass sie den Wein verschütteten. Wenn es denn Wein war! Wie gerne würde ich Dir sagen, dass ich so mutig gewesen bin, den Kelch zu leeren – doch ich konnte es nicht. Acilius Glabrio, er war der Erste, der handelte. Beherzt hob er sein Glas und leerte es in einem Zug. Wir starrten ihn an, halb bewundernd, halb entsetzt. Und neben mir hörte ich Flavius Clemens murmeln: »Der hat es freilich hinter sich.«

Natürlich glaubten wir alle, gleich werde sich Acilius an die Kehle greifen und mit rotem Schaum vorm Mund zu Boden stürzen und in Krämpfen verenden. Aber nichts geschah. Stattdessen klatschte der Kaiser in die Hände, die Tür schwang auf und ein Rhapsode trat ein. Er verneigte sich vor dem Erhabenen, dann fing er an, mit Donnerstimme griechische Verse vorzutragen.

Ich erkannte sie gleich: Es war der elfte Gesang der Odyssee! Ich weiß, Du bist kein großer Freund der Dichtung, doch den Homer kennst Du so gut wie ich und weißt, was wir nun hören mussten. Wie oft und gerne habe ich gerade dieses Buch gelesen, in dem der tapfere Odysseus hinabsteigt in das Reich der Toten. Wie oft schon habe ich den Worten gelauscht, und immer wieder befiel mich ein kalter Schauer bei der Schilderung der Schattenwelt, selbst wenn ich dabei behaglich in meinem Garten saß, das muntere Plätschern des Brunnens und das Zwitschern der Vögel im Ohr. Sie aber so zu vernehmen, in diesem finsteren Gewölbe, den sicheren Tod vor Augen, von dieser Donnerstimme – ach! Mir fehlen ganz die Worte, Dir zu schildern, wie es mir erging. Auch die anderen hörte ich seufzen und stöhnen, sie wischten sich den Schweiß von der Stirn oder verbargen ihre Hände, damit man sie nicht zittern sah. Kein waffenstarrendes Heer aus den Wäldern Germaniens kann schrecklicher sein als dieser Greis, der uns die ehrwürdigen Verse Homers entgegenschleuderte, als seien es Speere. So betäubt war ich von seinem Vortrag, dass es mir fast entging, als er plötzlich mit den Worten endete:

»Doch nun ist's Zeit zu schlafen.«

Da dachten wir tatsächlich, gemeint sei der Ewige Schlaf, der Tod, und als die Tür sich abermals auftat, da waren wir sicher, nun würden sie kommen, die Henker. Doch der Kaiser hob die Hände wie zum Segen und – entließ uns! Tatsächlich, er entließ uns! Als wären die letzten Stunden voll der Angst und Qualen nie gewesen.

Und wir? Wir standen auf und gingen. Das heißt, wir taumelten wohl mehr, als dass wir gingen. Wie Schatten unserer selbst schleppten wir uns schweigend durch das schwarze Tor. Noch immer wagte keiner zu sprechen. Erst als uns ein frischer Luftzug entgegen wehte, holten wir Atem und fühlten, dass wir noch immer am Leben waren.

»Den Göttern sei Dank!«, murmelte jemand – ich meine, es war Flavius Clemens, der sonst für seine Flüche bekannt ist.

Jenseits der schwarzen Pforte waren die Wände wieder bunt bemalt. Durch die Fenster schien der Mond herein. Bei seinem Anblick, in seinem milden, silbernen Lichte schöpften wir neue Hoffnung. Doch unsere Diener, die wir vor Stunden am Eingang zurücklassen mussten, waren nicht mehr da. Stattdessen warteten am Ausgang Sänften mit dem Zeichen des Kaisers. Da ergriff uns abermals eine böse Ahnung. Vielleicht wollte der Erhabene sein eigenes Haus nur nicht mit Blut beflecken, und diese Schergen hier würden uns zu einem anderen Ort entführen, wo der Tod nun wirklich auf uns wartete.

»Mut, Quiriten!«, sagte plötzlich Acilius, der von allen der Tapferste war. Und seine Stimme klang wie Eisen. Diese beiden Worte erzielten eine wundersame Wirkung. Wir fassten uns ein Herz, reichten einander mit kräftigem Druck die Hände und nahmen Abschied: »Auf morgen oder in der Ewigkeit«, so sagten wir. Das war ein Wahlspruch, wie er Römern zukommt! Hätten wir nur vorher schon das Herz am rechten Fleck gehabt!

Nun aber stiegen wir ein jeder in seine Sänfte. Und das Wunder geschah: In raschem Lauf trugen uns die fremden Sklaven durch die Straßen Roms – und trugen uns tatsächlich nach Hause! Wie groß war da die Freude, als ich mein Atrium betrat. Alles war hell erleuchtet, meine Dienerschaft war dort versammelt, einschließlich derer, die zuvor mitgekommen waren. Als diese mich sahen, fielen sie vor mir nieder, umfassten meine Knie und baten mich weinend um Gnade. Man habe ihnen nicht erlaubt zu warten, sie hätten gehen müssen, sagten sie. Ich grollte ihnen nicht; zu froh war ich, die freundlichen Gesichter um mich zu sehen. Da ich ja weib- und kinderlos geblieben bin, gab es sonst keine Seele, die in jener Nacht auf mich gewartet und um mich gezittert hatte. Wie groß aber muss die Pein in den Häusern der anderen gewesen sein, wo Frauen, Söhne, Töchter auf die guten Männer warteten!

Doch wenn Du glaubst, das Schicksal – oder eher: der Kaiser – hätte uns nun friedlich schlafen lassen, so irrst Du Dich. Kaum legte ich die Toga ab und gab Befehl, mir ein Bad zu richten, da pochte es dröhnend an der Tür, so dass das ganze Haus erzitterte.

»Im Namen des Kaisers«, hörten wir es rufen.

Die Diener jaulten auf, als seien sie geprügelte Hunde, und auch mich durchfuhr es heiß und kalt: Jetzt kommen sie doch, jetzt holen sie dich wirklich, so sagte ich mir. Wir zögerten. Da pochte es erneut und lauter als zuvor. Man kannte kein Erbarmen. Und so gab ich dem Pförtner das Zeichen, endlich zu öffnen.

Draußen standen kaiserliche Boten; der erste trug die Stele, die während des makabren Mummenschanzes neben mir gestanden hatte. Doch sie war nicht mehr schwarz, sie glänzte wie poliertes Silber – und das war sie auch! Wie eine geisterhafte Schar kam Diener um Diener herein und trug das Geschirr des schaurigen Gastmahls in Händen: Schalen, Kelche und Krüge, alles aus kostbarem Silber. Zum Schluss trat noch der Knabe, der mich gleich einem Geist bedient hatte, herein. Er war in eine weiße Tunika gehüllt, gewaschen und mit Blumen bekränzt.

»Dies alles sendet dir der Kaiser mit den besten Wünschen«, sagte er mit heller, feierlicher Stimme. Ich musste ihm danken, als habe er die Grüße eines Wohltäters überbracht.

Nun sage Du mir, teurer Freund, was ist von diesem Menschen nur zu halten? Ist er überhaupt ein Mensch? Ist er ein Wolf? Doch nein, ich tue den Wölfen ja Unrecht! Denn erstens war es eine Wölfin, die Romulus und Remus an Mutters Statt säugte, und zweitens mag ein Wolf im tiefsten Winter zwar gefährlich oder wild sein, aber grausam ist er nicht.

Gewiss verstehst Du, weshalb ich nach diesem Erlebnis von bösen Träumen geplagt werde, warum ich zusammenzucke, wenn es an meine Haustür klopft, warum ich keinen Becher Wein mehr an die Lippen setzen kann, ohne dass die Bilder jener fürchterlichen Nacht in mein Gedächtnis zurückkehren.

Wir haben überlebt, wir wurden sogar reich beschenkt. Das alles ist wahr. Fast könnte man meinen, es sei ein Grund zum Dank. Doch was der Kaiser heute schenkt, das kann er morgen wieder nehmen. Der Tod schwebt über uns zu jeder Zeit wie das berühmte

Schwert des Damokles. Und es scheint mir nicht einmal ein Pferdehaar zu sein, an dem es aufgehängt ist, sondern bestenfalls ein Faden aus dünnem Garn.

Fast wäre dies mein Schlusswort gewesen. Doch fällt mir ein, was mir der alte Polybios, mein Kammerdiener, in jener Nacht sagte. Er war der Einzige, der selig schlief, als ich nach Hause kam. Freilich zürnte ich ihm nicht, er ist ja über siebzig und fast schon taub. Als man ihn holte, war er die Ruhe selbst und sagte mir mit fester Stimme: »Herr, du magst ebenso ruhig sein wie ich. Denn während du fort warst, träumte mir, wie der verdorrte Lorbeerbaum im Garten frische Zweige trieb. Du pflücktest sie und reichtest sie weiter an deinen Sohn.«

Da schalt ich ihn einen Narren, weil ich doch weder Weib noch Kinder habe. In einem freilich hat er sich nicht getäuscht: Tatsächlich treibt der alte Lorbeer, den ich schon entfernen lassen wollte, neue Zweige aus. Du magst davon halten, was Du willst, mir geht es nicht mehr aus dem Sinn. Aber gefährlich ist es, dergleichen zu erzählen, denn Du weißt, was allzu leicht mit Menschen geschieht, denen die Herrschaft prophezeit wird ... und nichts anderes verheißt ja der Traum. Darum achte darauf, dass keine anderen Augen als die Deinen diesen Brief zu sehen bekommen und keine anderen Ohren meine Worte vernehmen.

Das war es, was mir auf der Seele lag und was ich schreiben wollte. Denn Sorgen, die wir teilen, wiegen nur noch halb so schwer. Und Du weißt nun, in was für Zeiten wir leben - und unter welchem Herrn. Mögen die Götter alles zum Guten wenden! Lebe wohl!

**

Schweigend sitzt der Legat an seinem Tisch und starrt auf den Papyrus. Draußen regnet es jetzt in Strömen. Unwillig steht er auf und geht zum Fenster, um die Läden zu schließen; doch dann entscheidet er sich anders. Mit tiefen Zügen saugt er die feuchte, kalte Luft in seine Lungen ein und schaut den Tropfen zu, die in den Pfützen tanzen. Eine ganze Weile steht er so da und starrt hinaus, dann kehrt er zurück an seinen Platz, entrollt den Brief erneut und liest ihn zum zweiten Mal. Leise murmelt er die Worte vor sich hin, und es ist ihm beim Lesen, als höre er die Stimme seines fernen Freundes: »Du weißt nun, in was für Zeiten wir leben - und unter welchem Herrn.«

Nun weiß er es wirklich. Grimmig zerknüllt er den Brief in seiner mächtigen Hand, geht raschen Schrittes zum Kohlebecken und wirft das Schreiben in die Glut. Da zerreißt ein gewaltiger Blitz den Himmel und taucht den Raum für einen kurzen Augenblick in fahles, eisiges Licht. In der Nische erscheint ein Gesicht mit großen Augen und stechendem Blick, gleich einer männlichen Medusa. Es ist die Büste aus Marmor, das

Antlitz des Kaisers, das schon lange dort steht, doch jetzt erscheint es plötzlich wach und lebendig. Mit einem Schauder wendet der Legat sich ab ... und prallt erschrocken zurück: In der geöffneten Tür steht eine dunkle Gestalt, als sei sie gerade dem Orcus entstiegen. Unwillkürlich zuckt die Hand des Feldherrn zum Schwerte. Da ertönt aus dem Dunkel eine leise Stimme, heiser wie das Krächzen eines Raben: »Ich bin es, Herr. Verzeih, du hast mein Klopfen nicht gehört ...«

Es ist sein Diener. Verärgert runzelt der Legat die Stirn. »Was gibt es, Gaius? Du störst!«

»Ich bringe einen Becher warmen Würzwein, Herr. Er wird dir gut tun bei der Kälte.«

Jetzt folgt der Donner. Der Regen ist stärker geworden. Ein frischer Windstoß fährt herein und lässt die Flammen der beiden Lampen zittern.

»Stell ihn hierher und verschwinde!«

Der Diener tut, wie ihm geheißen. Der Legat verriegelt die Tür, dann läuft er unruhig auf und ab, vom Fenster zur Wand und wieder zum Fenster, ein rastloser Wolf in einem Käfig. Endlich hält er inne und greift nach dem Becher, aber er setzt ihn nicht an die Lippen. Was mischt man alles hinein? Honig und Pfeffer, Mastix und Lorbeer – und manchmal auch den Tod ...

Mittlerweile ist der Brief zu Asche verbrannt, ein schwarzgraues Häufchen, das nichts mehr verrät. Irgendwann wird alles zu Asche, denn nur die Götter sind ewig – und die Mauern von Rom ...

Was ist das Leben eines Menschen dagegen, und sei er auch ein Kaiser?

Er lächelt grimmig. Er weiß, was er zu tun hat.

Zum Ersten: Der Bote muss fort, Kuriere plaudern gern, wenn sie mit anderen beisammen sitzen. Und die Legionen sind unruhig.

Er denkt zurück an seine Ankunft in Germanien. Die Gräber vom letzten Aufstand waren noch frisch und die Raben gut genährt.

»Nie wieder Bürgerkrieg!« Er sagt es halblaut vor sich hin und ballt entschlossen die Faust. »Nie wieder Römer gegen Römer!«

In diesen Wänden hat vor kurzem noch ein anderer geherrscht. Er hat sich gegen Domitian erhoben, jetzt liegt er unter der Erde. Und mit ihm viele, die ihm zugejubelt haben. Gute Soldaten sind das gewesen, doch nicht für alles taugt das Schwert – manches löst man besser mit dem Dolch, auch wenn es ehrlos erscheint.

Zum Zweiten: Keinen Verdacht erregen!

Er holt ein Täfelchen hervor, mit schwarzem Wachs beschichtet. Dann nimmt er den eisernen Griffel zur Hand und gräbt die ersten Zeichen ein. Doch schon nach ein paar Worten hält er inne. Was soll er schreiben? Er ist kein Freund von langen Reden. Und für den Fall, dass der Brief in falsche Hände gerät, darf er nichts Falsches enthalten.

Für Nerva freilich muss es genügen. Der gute, tugendhafte, wackere Mann! Allmählich aber wird er alt; fast könnte er sein Vater sein. Ob ihm tatsächlich noch der Lorbeer winkt? Wer kann es sagen? Selbst Claudius ist einst Kaiser geworden, obwohl ihn alle für einen Idioten hielten.

Und Nerva ist beliebt und angesehen. Die Wege des Schicksals sind unergründlich, und alles ist möglich, sobald erst ein Tyrann in seinem Blut liegt.

Er hebt den Blick und schaut zum Fenster. Nun ist es wirklich finster, und unablässig zucken Blitze, gefolgt von bösem Donnergrollen. Es wird noch ärger werden, das ahnt er jetzt. Doch auch das schlimmste Gewitter geht vorüber, und dann wird wieder die Sonne vom Himmel leuchten – hier und über Rom.

»Zum Dritten«, sagt er nun laut: »Alles zur rechten Zeit.« Dann schreibt er den Brief zu Ende, ohne noch einmal zu zögern:

Marcus Ulpius Traianus,
Legat von Obergermanien
an Lucius Cocceius Nerva

Wenn Du am Leben bist, ist es gut; ich bin gesund.

Du bist mir teuer wie ein Vater – ich hoffe, du weißt das.

Der Kaiser hat Recht: Solange wir atmen, ist noch Hoffnung.

Mut, Quiriten!

Die auf dem Buchrücken zitierten Bücher-Blogs finden Sie hier:

https://vielleserin.de
https://buecherleser.com
https://passion4books.de

Wenn Ihnen

Herr über Land und Meer

gefallen hat, könnten auch die folgenden
Empfehlungen interessant für Sie sein:

THOMAS DELLENBUSCH

CHASE

JAGD AUF EINEN KÖNIG

THRILLER

MEIN KOPFKINO

Thomas Dellenbusch
Chase: Jagd auf einen König

Schottland vor der Unabhängigkeit: Die Regierung plant eine eigene schottische Monarchie. Doch als ein Mitglied der damit beschäftigten Arbeitsgruppe die Identität des Thronkandidaten verrät, treten plötzlich Leute auf den Plan, die diesen König um jeden Preis verhindern wollen. Sie schrecken selbst vor Mord nicht zurück. Chase soll helfen. Jérome und Chen Lu reisen nach Glasgow. Gemeinsam mit dem Schotten James Campbell suchen sie nach dem Mörder seines Vaters. Ein geheimes Siegel führt sie in ein Labyrinth aus alten Legenden und verschollenen Handschriften. Können sie das Rätsel lösen und den König retten, oder wird eine alte Ruine ihr Grab?

Dan Brown goes KopfKino! Spannung, verzwickte Wege, überraschende Wendungen und historische Rätsel. Dieses Buch hat einen Riesenspaß gemacht.
Das Niliversum

Dellenbusch beherrscht gekonnt das Wechselspiel zwischen Spannung und Entspannung. Ich klebte an seinen Worten wie eine Fliege im Spinnennetz.
Leseträume

Super spannend im Stile von Illuminati!
Lieblingsleseplatz

JEAN-PASCAL ANSERMOZ

REGEN
Symphonie

2 ERZÄHLUNGEN

MEIN KOPFKINO

Jean-Pascal Ansermoz
Regensymphonie

Zwei wunderbare Erzählungen über Freundschaft und Liebe in schwierigen Zeiten. Eine Hymne an die Menschlichkeit und den Mut, Verantwortung zu übernehmen. Eine spirituelle Suche nach dem Sinn und dem Glück und was beides ausmacht.

<u>Regensymphonie:</u> Als der 12jährige Kadir in einem italienischen Flüchtlingscamp die Bekanntschaft von Namid macht, einem erwachsenen Syrer mit indianischem Vornamen, ändert sich für ihn alles. Denn Namid versteht es, ihm zu zeigen, dass das Leben selbst in schwierigen Zeiten immer ein Lächeln bereithält, vorausgesetzt man möchte es sehen.

<u>Die Summe unseres Lebens:</u> Vor Liebeskummer verliert der 50jährige Pariser Arnaud Gauguin seine Fähigkeit zu sprechen. Er reist ans "Ende der Welt", um seine Liebe und seine Stimme wiederzufinden.

Ich bin ganz hin und weg. Getragen von einer wunderbaren Sprache erreichen diese beiden Geschichten das Herz
Das Niliversum

Mit Regensymphonie hat sich Ansermoz still aber eindringlich direkt in mein Herz geschrieben. Seine Sprache verzaubert die Magie des Augenblicks
BuecherLeser.com

Ansermoz zeigt hier eine Sprachbegabung, die sonst nur bei den ganz Großen der Weltliteratur zu finden ist. Ein Buch mit Tiefe in jeder Zeile
Drachenleben.de

THOMAS DELLENBUSCH

Verstecktes Herz

ERZÄHLUNG

MEIN KOPFKINO

Thomas Dellenbusch
Verstecktes Herz

Eine junge, hübsche und alleinerziehende Mutter zieht im Sommer 1963 in ein kleines niederbayerisches Dorf. Sie sucht weder eine Anstellung, noch sucht sie Kontakt. Als die Dorfbewohner verschiedene Herrenbesuche feststellen, sind sie entsetzt. Sie halten die Fremde für eine Prostituierte und suchen nach Möglichkeiten, sie zu verjagen. Nur ein junger, im Dorf lebender Journalist ergreift ihre Partei und hält zu ihr. Er vermutet, dass sie sich hier versteckt. Aber vor wem oder was ...? Und ist seine Solidarität echt, oder wurde er auf sie angesetzt, um hinter ihr Geheimnis zu kommen?

Kurzweilige Lektüre, die fesselt und Überraschungen bietet
Bücherblog "Magische Momente"

So fesselnd, dass ich die Geschichte am Stück verschlungen habe
Kittys Bücherblog

Wirklich tolle Erzählung, in die man richtig tief abtauchen kann
Binchens Bücherblog

Bewegende Erzählung, die einen nicht mehr loslässt
Lines Bücherwelt

Dieses Buch hat mich total begeistert. Ein Must-Have!
Das Lesesofa

Im KopfKino-Verlag sind bisher erschienen:

Thomas Dellenbusch

Der Matrjoschka Code

Das Testament

Der Nobelpreis

Der Weichensteller

Verstecktes Herz

Liebe ist kein Gefühl

Chase: Jagd auf die stumme Dichterin

Chase: Jagd auf einen König

Lilly M. Daniel

Auch die gute Hoffnung stirbt zuletzt

Pia Recht

Der Herzschlag Connemaras: Kastanienrot

Der Herzschlag Connemaras: Deccys Vermächtnis

Der Herzschlag Connemaras: Zwei Herzen

Tanja Bern

Distant Shore: Sterne der See

Distant Shore: Gold der Dünen

Distant Shore: Perlen des Meeres

Julia Bohndorf

Von echten Puppen, bitteren Pillen und erfundenen Paten

Kai Rohlinger

Herr über Land und Meer

Jean-Pascal Ansermoz

Regensymphonie

Nadine Stenglein

Doubt: Zu wahr, um schön zu sein

Annika Dick

Lovely Skye: Ein Sommer in Balnodren
Lovely Skye: Ein Herbst in Balnodren
Lovely Skye: Ein Frühling in Balnodren

Alle Geschichten sind auch als
eBook und Hörbuch erhältlich

Ausführliche Lese- und Hörproben finden Sie auf
MeinKopfKino.de

Kai Rohlinger wurde 1977 in Mannheim geboren.

Er ist Gymnasiallehrer für die Fächer Latein und Deutsch.

Als Autor verfasst er am liebsten kurze Prosatexte, von denen einige in Anthologien und Zeitschriften veröffentlicht wurden. Im Oktober 2017 erschien sein Buch »Wie der Hund in die Heizung kam«, eine Sammlung von Geschichten über das Leben im Römischen Reich. In »Herr über Land und Meer« befasst er sich abermals mit einem spannenden Ereignis aus dieser Epoche. Kai Rohlinger tritt auch als Rezitator klassischer Balladen und Gedichte auf.